COLMILLO BLANCO

JACK LONDON

ISBN colección: 84-9786-261-9
ISBN: 84-9786-271-6
Depósito legal: M-31817-2006

Colección: La punta del iceberg
Título: Colmillo Blanco
Autor: Jack London
Diseño de cubierta: El Ojo del Huracán
Impreso en: COFÁS

IMPRESO EN ESPAÑA – *PRINTED IN SPAIN*

PRIMERA PARTE

Tras las huellas de la presa

En aquella tierra se podía oír el silencio. El bosque de pinos aparecía desolado, sin vida. Los árboles, sin hojas debido al gélido viento, inclinaban sus negras sombras sobre las orillas del río, completamente helado. Apenas si podía percibirse movimiento alguno. Sólo tristeza y desolación por todas partes. Algo parecido a una fría sonrisa, la sonrisa de una esfinge, parecía hacer burla de los esfuerzos y la lucha por la vida. Y, sin embargo, allí mismo, a pocos pasos, como un desafío al frío y la desolación, se encontraba la vida.

Un trineo, arrastrado por perros lobos, emergía de las aguas bajas del río, aguas heladas, duras. Los perros tenían la recia pelambrera cubierta de nieve. Su propio aliento se convertía casi al instante en cristales de hielo sobre sus cuerpos. Un recio arnés los mantenía atados al trineo, que no llevaba patines y estaba hecho de dura corteza de abedul muy resistente, y con forma redondeada, para soportar mejor las fuertes embestidas de la nieve. Todo su peso se arrastraba con trabajo por aquel inmenso mar de nieve, cargado con los utensilios indispensables para sobrevivir en aquellos parajes tan inhóspitos. Una cafetera, una sartén, hachas y mantas. Sólo lo más preciso. Pero lo más pesado de la carga era una caja estrecha y alargada, hecha de madera, colocada encima del trineo.

Dos hombres acompañaban a los perros, calzados con recios mocasines indios y cubiertos por pieles. Uno iba delante, dirigiendo la penosa y lenta marcha del trineo. El otro, colocado en la parte trasera, intentaba ayudar, para que el avance fuera más rápido y menos penoso. El silencio y la tranquilidad eran absolutos. En las tierras boreales el movimiento carece de importancia. Hombres y perros luchaban con todas sus fuerzas por sobrevivir y escapar de aquel inmenso desierto helado.

Dentro de la caja de madera iba el cadáver de un hombre, otro hombre que también había luchado con todas sus fuerzas por sobrevivir en aquella inhóspita y despiadada tierra, hasta caer rendido, vencido por la desolación y la dureza del clima de la tierra boreal, donde la vida parece un insulto. Se hiela el agua, se seca la savia de los árboles y el frío ataca de la manera más feroz al hombre, hasta que todo queda destruido y sólo quedan el silencio, el reposo absolutos. Sin embargo, aquellos dos hombres avanzaban cubiertos de nieve, sin acobardarse, por aquella tierra fantasmal. Era como si dos exploradores liliputienses asistieran al funeral de un espíritu, desafiándolo todo, perdidos en una tierra gigantesca, reina del silencio y la desolación.

Los dos hombres avanzaban arrastrándose en silencio, sin pronunciar palabra, respetando esa quietud que casi podía tocarse y que se incrustaba en sus almas y sus mentes, llenándoles de una tristeza y desamparo infinitos. Se sentían acongojados, como si sólo fueran unas manchas diminutas carentes de los valores más humanos.

Por momentos, la luz del corto día boreal se hacía más débil. Las horas pasaban, una tras otra, lentas, penosas. De repente se dejó oír un aullido lejano, apagado, que rompió aquel profundo silencio y se elevó en el aire, para después apagarse muy lentamente. Era como el grito triste de alguien que muere de hambre y no encuentra ningún auxilio. Ese aullido forzó a los dos hombres a mirarse en silencio y los dos se entendieron sólo con la mirada. De nuevo se oyó otro aullido, que cortó el aire, y luego otro y otro más. Los dos hombres en seguida localizaron el lugar de donde provenían aquellos aullidos, una gran planicie nevada que acababan de abandonar.

El hombre que caminaba delante, Henry, habló, en apariencia sin esfuerzo, pero su voz sonó gutural, falta de uso, extraña:

—Creo que nos han localizado, Bill, y ya vienen siguiendo nuestras huellas en la nieve.

—Henry, hace muchos días que no veo huellas de conejos en la nieve. Apenas si hay caza y la carne empieza a escasearnos —fue la respuesta del otro hombre, y ya no hablaron más. Concentraron todas sus fuerzas para permanecer alerta, por si volvían a oírse aquellos aullidos de hambre y de caza, presagios de peligro.

El sol del Ártico se ocultó y con la escasa luz que quedaba se apresuraron a refugiarse bajo unos pinos de aquel bosque que se extendía a las dos orillas del río. Situaron el trineo en un claro y soltaron a los perros, que se arremolinaron algo más lejos, peleándose, mostrando los colmillos, pero sin intentar escaparse ante aquella inmensa oscuridad, cosa que extrañó a los dos hombres, los cuales encendieron una buena hoguera y se dispusieron a pasar la noche de la mejor manera posible. La caja de madera hacía las veces de asiento y de mesa. Mientras ponía la cafetera en el fuego y masticaba la comida, Bill comentó a su compañero:

—¿No te parece a ti, Henry, que los perros se mantienen muy cerca de nuestra compañía? A mí esto me parece muy extraño.

Henry asintió con la cabeza, antes de responder.

—Los perros saben escoger el lugar seguro. Como todo animal inteligente, les gusta mucho más comer que ser devorados. Y estos perros son muy inteligentes, Bill, amigo mío.

Bill movió la cabeza con duda.

—La verdad, Henry, es que no estoy tan seguro de su inteligencia.

Henry miró a su compañero, interrogándole con la mirada y dijo:

—Nunca te había oído decir que los perros no son inteligentes.

Bill comía con lentitud, pensativo, y preguntó a su amigo:

—Henry, ¿te diste cuenta la manera de alborotar de los perros cuando les dimos la comida...?

—Tienes razón, Bill, yo también noté que hacían más ruido que de ordinario...

—Tú sabes igual que yo que tenemos seis perros, Henry —se detuvo de nuevo, cada vez más pensativo—; pues verás... Estoy seguro que cogí seis pescados de la bolsa... sin embargo, noté que al terminar de darles de comer, me faltó un pescado...

—Seguro que te equivocaste al contar, amigo.

—No, Henry, no —insistió Bill, sin apasionarse, con seguridad—. Saqué seis pescados de la bolsa y, sin embargo, «Una

Oreja» se quedó sin su pescado. Tuve que darle la ración que le tocaba...

—¿Estás seguro de que fue así? Sólo tenemos seis perros.

—Yo conté siete, Henry. De lo que no estoy seguro es que fueran siete perros, pero sí que di de comer a siete animales.

Henry, mientras comía, contó a la luz del fuego y respondió:

—Ahí sólo hay seis perros, Bill.

—Pues te digo que yo vi siete y también vi cómo uno de ellos se escapó a través de la nieve —insistió Bill, y esta vez sí se acaloró un poco.

Henry miró a su compañero con tristeza:

—Estoy deseando que termine este viaje cuanto antes. Creo, Bill, amigo mío, que la compañía de esa caja de madera te está trastornando y estás empezando a ver cosas raras.

—Al principio yo también pensé así —dijo Bill—, pero luego, cuando vi que uno de los perros escapaba, conté las huellas de los animales que quedaron y eran seis... Todavía se pueden ver las huellas que dejaron en la nieve. Puedes comprobarlo tú mismo.

Henry se quedó pensativo y siguió comiendo, sin responderle nada a su amigo. Se tomó una taza de café. Se limpió la boca con el revés de la mano y, al fin, dijo:

—Tú crees que el que escapó era...

No pudo terminar lo que estaba diciendo. Una vez más se oyó aquel terrible y desgarrador aullido a través de la profunda oscuridad que les rodeaba. Escuchó unos momentos y, señalando el lugar de donde creía que procedía aquel triste aullido, terminó de decir:

—¿Era uno de esos animales que nos siguen?

—Sí. Lo pensé desde que noté el extraño alboroto que formaron los perros a la hora de la comida.

Los aullidos se hicieron cada vez más frecuentes y numerosos, y aquella inmensa soledad, llena de silencio, se convirtió de repente en un auténtico manicomio. Los perros, asustados, se acercaron cada vez más a ellos, acurrucándose muy cerca del fuego, tan cerca que se olía el pelo chamuscado. Los aullidos venían ahora de todas direcciones. Atizaron el fuego y encendieron sus pipas. Henry aún dudaba del juicio de su compañero:

—Si fuera cierto lo que estás diciendo, ya nos habrían devorado, Bill...

Pero éste no hizo caso de lo que le decía. Dio una chupada a su pipa y pensó en voz alta:

—Creo que ese que va ahí dentro ha tenido más suerte que nosotros —y señaló la caja sobre la que estaban sentados.

—No digas tonterías, muchacho.

—No son tonterías, Henry. Tú y yo nos contentaríamos con que nos pusieran sobre nuestros cadáveres las piedras suficientes para que no nos devoraran los perros.

—Tienes razón. Nosotros no tenemos ni familia ni bienes suficientes, como los tenía ese lord o lo que fuera en su tierra, para que trasladen nuestros cadáveres al lugar donde nacimos. Eso no está al alcance de nuestros bolsillos. Aunque, si te digo la verdad, una vez muertos, ¿qué nos importa eso?

—Lo que no comprendo es por qué un hombre que lo tiene todo y no tiene que preocuparse de nada, abandona su país y viene a unas tierras que son el mismísimo infierno. Que me ahorquen si lo entiendo.

—Podría estar vivo todavía, incluso hubiera podido llegar a viejo, si no hace la locura de venir a estos lugares dejados de la mano de Dios —respondió Henry, de acuerdo con su compañero.

Bill iba a seguir hablando cuando a través de la espesa oscuridad observó un par de ojos que más parecían ascuas encendidas. La intensa negrura no dejaba vislumbrar forma alguna, pero Henry indicó a su amigo que mirara en varias direcciones y éste pudo ver otro par de ojos llameantes y otros más. Los dos observaron que estaban rodeados por un círculo de ojos que ardían en la oscuridad como llamas encendidas y que de cuando en cuando se movían de un sitio a otro, apareciendo y desapareciendo aquí y allá.

Los perros estaban cada vez más inquietos y llegó un momento que se acercaron aún más al fuego, refugiándose entre las piernas de los hombres. Uno cayó al fuego y saltó, aullando de dolor. El olor a pelo quemado y el ruido obligaron a aquel círculo de ojos a retirarse un poco, pero en cuanto los perros se tranquilizaron un poco volvieron a cerrar cada vez más el círculo en torno al fuego.

—Lo peor que nos podía pasar es que nos hemos quedado sin municiones.

Acabaron de fumar en silencio y se dispusieron a dormir sobre un montón de mantas y pieles que tenían extendidas sobre ramas de pino.

—¿Cuántos cartuchos nos quedan, Bill? —preguntó Henry casi con un gruñido, mientras se desabrochaba los recios mocasines y se frotaba los pies para desentumecerlos.

—No nos quedan nada más que tres. Ojalá fueran algunos más, entonces les iba yo a enseñar a ésos lo que es bueno —respondió Bill, amenazando con el puño hacia aquellos ojos que les rodeaban, mientras se disponía a descansar—. Y también desearía que no hiciera tanto frío —siguió diciendo—; llevamos semanas sin que la temperatura suba de cincuenta grados bajo cero. No me gusta nada este viaje, Henry; nunca debimos aceptar este encargo. Me siento disgustado, inquieto. ¡No sé lo que daría porque ya hubiéramos llegado al fuerte MacGurry y estuviéramos sentados junto a un buen fuego, jugando una buena partida de cartas con los amigos!

Henry gruñó, pero no dijo nada. Se metió entre las pieles y, cuando ya se estaba durmiendo, Bill le habló otra vez:

—Henry, no puedo dormirme. No hago nada más que pensar en aquel animal que se mezcló con nuestros perros... Me preocupa que éstos no le atacaran. Es muy extraño.

—Ahora te preocupas por todo, Bill; tú nunca has sido así. Creo que tienes ardores de estómago y por eso no puedes dormir y debes hacerlo. Mañana te sentirás mucho mejor y más despejado.

El cansancio les venció al fin y se durmieron con un sueño pesado. El fuego se fue extinguiendo poco a poco y el círculo de ojos se fue estrechando cada vez más a su alrededor. Los perros, muy inquietos, estaban acurrucados muy juntos, mostrando sus dientes amenazadores. El ruido despertó a Bill, que echó más leña al fuego para reavivarlo, y pronto se elevaron otra vez las llamas, con lo que el círculo de ojos llameantes se alejó. Miró al montón de perros, se restregó los ojos y los contó. Despertó a Henry, alarmado:

—¡Henry, despierta!

Éste se despertó inquieto, malhumorado:

—¿Puede saberse qué te pasa ahora, amigo? ¿Es que no vamos a descansar nada esta maldita noche?

—¡Otra vez hay siete perros, Henry, los he contado y hay siete!

Henry le lanzó un gruñido y se durmió otra vez. A la mañana siguiente, fue él el que tuvo que despertar a su compañero. Todavía no había amanecido y, en la oscuridad, enrollaron las mantas y prepararon el desayuno. Bill, cuando iba a atar los perros al trineo, exclamó sobresaltado:

—¡Mira, Henry! ¿No quedamos anoche en que teníamos seis perros?

—Sí, hombre. ¿Es que hay siete otra vez?

—¡No, sólo hay cinco, Henry!

—¡Malditos perros! —Henry estaba furioso. Fue a contar los perros y tuvo que admitir que su amigo tenía razón, sólo había cinco—. Tienes razón. El perro que nos falta debió escapar a toda velocidad del campamento y seguro que lo atraparon en seguida y se lo comieron vivo.

Examinaron con atención los perros que les quedaban y vieron que el que faltaba era el «Gordito».

—Siempre pensé que ese perro estúpido tenía un montón de defectos.

Éste fue el terrible final de un perro que fue devorado en las duras tierras boreales. Su epitafio: La necedad.

La loba

La conversación había cesado entre los dos hombres. Desayunaron en silencio y levantaron el campamento cuando todavía reinaba la oscuridad. Se alejaron del fuego y otra vez empezaron a oír aquellos terribles aullidos, de una tristeza infinita. Era la eterna llamada salvaje en el frío y la oscuridad. Pronto, esta llamada obtuvo la respuesta y se oyeron otros y otros más, como un eco.

La débil luz del amanecer se fue tornando gris, un gris monótono y frío, que sólo se hizo algo rosáceo hacia el mediodía, cuando el sol estaba en su cenit. A las tres de la tarde se fue debilitando y otra vez los fue envolviendo el sombrío manto de la noche, aquella noche ártica que hace a la tierra más desolada, más triste y silenciosa.

Los perros, a intervalos cada vez más frecuentes, se inquietaban y empezaban a ladrar, intentando traspasar la densa oscuridad que les iba envolviendo por momentos. Los aullidos, a un lado y a otro, cada vez se oían más cercanos, llenando de pánico a hombres y perros, los cuales avanzaban despacio, arrastrándose con trabajo.

—¡Ojalá hubiera caza por estos parajes! —dijo Bill en un susurro.

—Sí, amigo. Sería la única forma de que nos dejaran algo tranquilos. Esos aullidos son espeluznantes.

Siguieron avanzando por la helada superficie, sin cambiar palabra alguna y, de nuevo, llegó la hora de armar el campamento para pasar otra noche. El fuego ya crepitaba, alzándose airosas llamas hacia lo alto. Henry calentaba el puchero con la frugal comida y de repente se sobresaltó al oír un golpe fuerte, seco. Del grupo de perros le vino un aullido de dolor y llegó justo a tiempo de ver una figura confusa que escapaba en la oscuridad, para correr por la nieve. Contempló a su camarada entre los perros, que blandía un palo con aire de triunfo:

—Estuve a punto de atraparlo, Henry —dijo, y lanzó a los perros un trozo de salmón que llevaba en la mano—; conseguí darle un buen golpe con el palo. ¡Ya oíste cómo aullaba de dolor el muy condenado!

—¿Conseguiste verlo, Bill?

—No pude verlo bien, esto está muy oscuro; pero sé que parecía un perro. Tal vez se trate de un lobo domesticado.

—Pues, si es como dices, debe haberlo domesticado el mismísimo diablo para que logre mezclarse entre los perros a la hora de comer y llevarse su ración, sin que éstos puedan impedírselo.

Habían terminado de cenar y fumaban sus pipas, sentados sobre la caja de madera. Henry, como de costumbre, gruñó, indicándole a su amigo que mirara a su alrededor:

—Cada vez se acercan más los muy condenados... Si tuviéramos la suerte de que encontraran caza, se irían y nos dejarían en paz...

Fumaban pensativos. De cuando en cuando, se comunicaban sus propios pensamientos. La obsesión de Bill era llegar al fuerte MacGurry y Henry, sin saber de cierto por qué, se irritaba contra su amigo. Permanecieron un buen rato de esta manera, viendo cómo el círculo de ascuas se estrechaba más y más.

Descansaron mal. Henry se sobresaltó, ya cuando amanecía, al oír a su amigo Bill jurar y maldecir como nunca había hecho. Le vio mezclado con los perros, cerca del fuego, con los brazos levantados, protestando con ira:

—Otro perro ha desaparecido. Esta vez se trata de «Rana» —le gritó.

Henry, sorprendido, no daba crédito a lo que oía. Se levantó y se unió al grupo que formaban su amigo y los perros. Contó cuatro animales y se sintió tan irritado como Bill contra aquel animal casi salvaje que en dos días se había cobrado dos víctimas:

—Esto parece increíble. «Rana» era nuestro perro más resistente, sin pelo de tonto.

Éstos eran malos presagios para los dos amigos. Desayunaron en silencio, y después de recogerlo todo y atar los cuatro perros que les quedaban al trineo, reanudaron su lenta y pesada marcha a través de la inmensa llanura helada. Como de costumbre, iban en silencio, sólo roto por los aullidos de sus perseguidores, que todavía permanecían fuera del alcance de su vista. Y de nuevo llegó la oscuridad de la noche y con ella el pánico de los perros, que no acertaban con el camino, lo que desanimó bastante a los dos hombres.

Aquella noche, sus perseguidores se acercaron todavía más al grupo, mientras los dos hombres se disponían a encender un fuerte fuego y levantar de nuevo el campamento, para pasar otra noche de pesadilla. Mientras su compañero preparaba la comida, Bill había atado a los perros a la manera india, poniéndoles un collar de cuero con un palo largo, de unos cuatro pies, tan cerca de sus cuellos, que no podían alcanzar la correa con los dientes.

El otro extremo de los palos iba atado reciamente por medio de otra correa a un palo fuerte y recio, clavado en el suelo. La tarea le había llevado un buen rato, pero Bill sonrió satisfecho del resultado:

—Esta vez no podrán escaparse estos perros tan necios. Esto impedirá que «Una Oreja» corte la correa con sus afilados colmillos. Mañana no faltará ninguno —comentó a su amigo Henry, que asintió con la cabeza, en señal de aprobación:

—Apuesto que así será, amigo. Lo malo es que esos malditos animales saben que no tenemos municiones y nos están perdiendo el respeto. Cada noche se acercan más a nosotros. Otra cosa sería si pudiéramos dispararles algunos tiros.

Durante unos momentos, los dos hombres observaron los movimientos de aquellas sombras casi imperceptibles a la luz del fuego. Sus ojos, como ascuas, delataban sus desplazamientos.

—Fíjate bien en ese par de ojos, Bill. Se está desplazando hacia el lugar donde tenemos atados los perros. Obsérvalo bien.

En efecto, gracias a la luz del fuego pudieron ver la figura de un animal que se deslizaba con atrevimiento y recelo hacia el lugar donde estaban los perros. «Una Oreja» aullaba con ansiedad, debatiéndose por librarse de la correa que le mantenía atado al palo, como si quisiera escaparse en la oscuridad. Los dos hombres observaban muy atentos los movimientos de los perros y la actitud del atrevido animal que se acercaba a ellos, haciéndoles aullar con inquietud.

—¡Mira, Bill, es una loba! Eso lo explica todo. Ella consiguió atraer a «Gordito» y a «Rana» hasta reunirse con sus compañeros, y éstos los devoraron limpiamente...

Entonces, atizaron el fuego, que chisporroteó con fuerza y puso en fuga a la loba, que desapareció de nuevo en la oscuridad.

—Henry, estoy pensando que fue a ese animal al que golpeé. Su familiaridad, la audacia con que se acerca a los campamentos, sin temor al fuego, es muy extraña...

—Por lo menos, sabe comportarse de manera poco normal en un lobo corriente. Ha debido tener una larga experiencia cuando se acerca de forma tan descarada a los perros a la hora de comer.

—Ahora recuerdo —respondió Bill, pensando en voz alta— que el viejo Villan tuvo una vez un perro al que dejó de ver durante un par de años. Lo estimaba mucho y lo sintió de verdad, cuando se fue a vivir con los lobos. Yo mismo lo maté en una cacería de renos.

—Puede que tengas razón, amigo. Esa loba puede que sea un perro que ha comido muchas veces de las manos de un hombre y por eso es tan atrevida.

—Pues pronto va a perder su atrevimiento —dijo Bill excitado—. Si no acabamos con ella, nos quedaremos sin perros y sería nuestro final en estas tierras.

—Pero si sólo nos quedan tres cartuchos, Bill. No podemos malgastarlos.

—No los desperdiciaré, Henry. Sólo dispararé cuando la loba esté a buen tiro.

Al amanecer, Henry preparó el desayuno, después de reavivar el fuego, y dejó que su amigo durmiera. Cuando se despertó, le dijo con una triste sonrisa:

—Bill, me parece que hoy te vas a quedar sin tomar café. ¿Recuerdas tu apuesta de anoche? Dijiste que no tomarías café si hoy faltaba algún perro. ¿Los has contado?

Bill enrojeció de rabia:

—¿Qué ha pasado, amigo?

—Otro perro, esta vez «Veloz», ha desaparecido —respondió Henry lentamente, resignado ante la desgracia, mientras Bill contaba los perros una vez más. Estaba ansioso:

—¿Sabes cómo ocurrió su desaparición?

—No, Bill, no vi nada, pero estoy seguro que «Veloz» no pudo soltar su correa solo. Puede que otro perro le haya ayudado.

—Puede que fuera «Una Oreja» —dijo Bill con rabia—. Como él no consiguió escapar, ayudó a «Veloz» a hacerlo. ¡Maldita sea, Henry! Esto se nos está poniendo cada vez más feo y más difícil. Tenemos que hacer algo.

—Por lo pronto, ya no tenemos que preocuparnos por «Veloz». Seguro que ya descansa en el vientre de esos lobos. Tómate el café, Bill; todavía está caliente.

Éste fue el epitafio por el tercer perro que perdían.

—Vamos, Bill, tómate el café, tenemos que seguir nuestro camino.

—No, no lo tomaré, lo prometí y una promesa es una promesa, amigo.

Bill era terco como una mula y le costó a su compañero que se tomara el café, mientras soltaba una buena sarta de imprecaciones contra «Una Oreja», por haber ayudado a escapar al otro perro y aseguraba que esa noche los ataría de tal forma que no pudieran ni siquiera rozarse unos con otros.

Reanudaron su camino y, a escasos metros, Henry tropezó con algo que no pudo ver debido a la oscuridad que todavía reinaba en el lugar, pero por el tacto comprendió que se trataba del palo que había sujetado al perro desaparecido. Se lo dio a su compañero, que exclamó aterrado:

—Es todo lo que queda del perro, Henry; se lo han comido con piel y todo. Incluso la correa ha desaparecido. ¡Dios, están locos de hambre!

—Así es, Bill. Este viaje se nos está poniendo difícil. Vamos a tener que luchar con ganas, si queremos salir de este atolladero.

—Es la primera vez que nos persigue una manada como ésta, pero saldremos adelante. En otras peores nos hemos visto y ¡aquí estamos, amigo! Saldremos de ésta también.

—No estoy yo tan seguro de que podamos llegar al fuerte MacGurry, esto se está poniendo muy feo.

—¡Bah!, no seas gafe, Bill. Me parece que te estás haciendo viejo y te falta el valor.

El otro gruñó sin responder, pero en su cara se veía la desconfianza. Siguieron su camino. Al mediodía el sol, casi invisible, puso algo de calor en su marcha.

Pronto empezó a aumentar el frío y aparecieron las primeras sombras de una nueva noche. Bill agarró el rifle y le dijo a su amigo que siguiera adelante y buscara un buen lugar para descansar.

—Bill, no me parece bien que nos separemos, no te alejes del trineo, amigo. Sólo tenemos tres cartuchos y poco podemos hacer con ellos. Podría ocurrirte algo.

—Creo que ahora eres tú el que está perdiendo las agallas, Henry. Voy a intentar quitarnos de encima esa maldita peste que nos sigue —respondió Bill casi con alegría. Por fin se había decidido a actuar y ya nada ni nadie le detendría.

Ante esta actitud de su compañero, Henry no tuvo más remedio que seguir adelante con los perros y el trineo. De cuando en cuando miraba hacia atrás, tratando de localizar a Bill en la oscuridad. Pasó un buen rato antes de que éste volviera con alguna información:

—Forman una buena manada. Nos tienen rodeados y, mientras esperan el momento de atraparnos, se dedican a cazar lo poco que puede cogerse por aquí. He visto que están muy delgados, se les transparentan las costillas. Parecen figuras fantasmales. Te aseguro, Henry, que están desesperados de hambre y en cualquier momento pueden lanzarse sobre nosotros sin darnos ninguna oportunidad. Nuestra situación también se está volviendo cada vez más desesperada.

Seguían su camino cada vez con más dificultad. Al poco rato Henry volvió la cabeza y por señas indicó a su compañero que observara la huella que iba dejando el trineo. Los dos vieron que una figura peluda, demasiado corpulenta para ser un lobo, avanzaba por la zanja que el trineo iba dejando sobre la nieve. Se detuvieron y el animal también se detuvo, olisqueando las huellas que ellos iban dejando. No parecía tener ningún miedo de los hombres.

Éstos se echaron sobre la nieve y permanecieron atentos a los movimientos de aquel extraño animal, que llevaba persiguiéndoles varios días y que era culpable de que hubieran perdido tres perros en muy poco tiempo.

—¡Es la loba! —exclamaron, mirándose con comprensión. Mientras, el animal les observaba a su vez con atrevimiento, con inteligencia, esa inteligencia que agudiza el hambre.

—Fíjate bien, Bill. Ese animal es un verdadero perro de trineo. Es demasiado grande, debe tener casi metro y medio de largo y su color es distinto al de los lobos. Tiene un ligero tono rojizo o canela, quién sabe.

—Sea un perro o un lobo, la verdad es que ese animal ya nos ha causado demasiado daño para que lo dejemos con vida. Tenemos que acabar de una vez...

La loba los miraba con atención. Bill se hizo con el rifle y apuntó en su dirección y, cuando estaba a punto de disparar, la loba se echó a un lado y se ocultó entre los árboles. Este acto confirmó a los dos hombres que sus sospechas eran ciertas.

—Ya lo has visto, Henry. Ese animal es demasiado inteligente y demuestra que está acostumbrado al trato con los hombres. Es capaz de reconocer un trineo y el peligro que supone enfrentarse a un rifle. No, yo creo que no es un lobo, es un perro y de los mejores de su raza.

—Debemos tener mucho cuidado, Bill. Lobo o perro, ya nos ha demostrado que es capaz de acabar con nuestros perros, incluso con nosotros. Nos mira con tanta ansiedad, que me produce terror.

—No te preocupes, Henry. Mañana me ocuparé de ese animal. Estaré al acecho y al menor descuido acabaré con él.

—Pero procura no alejarte mucho de nosotros, Bill. Con tres cartuchos, poca cosa podrías hacer si los lobos se deciden y te atacan. Sería el fin.

Se sentían muy cansados y acamparon antes que otras noches. Bill se aseguró de que los perros no pudieran escapar. Tomaron una cena muy frugal y se acostaron pronto, después de dejar el fuego bien preparado. La audacia de los lobos iba en aumento y cada vez se acercaban más a ellos, haciendo enloquecer de terror a los perros.

Tardaron en dormirse. Los dos hombres sabían perfectamente que su situación se estaba haciendo desesperada. Henry trató de calmar el pesimismo de Bill, que ya se veía devorado por los lobos. Estuvo mucho rato meditando sobre todos los acontecimientos del día, hasta que poco a poco se quedó dormido.

La tragedia del hambre

Pese a los malos presentimientos de la noche anterior, los dos hombres se despertaron tranquilos, esperanzados. Como cada amanecer, desayunaron, dieron la comida a los perros y recogieron las mantas y demás enseres en el trineo. Reanudaron su viaje en silencio, como de costumbre.

En un recodo del camino, los perros se enredaron en las correas y volcaron el trineo. Bill, que por el más leve motivo estallaba en un arrebato de ira, esta vez tomó el incidente a broma y hasta jugueteó con los perros para tranquilizarlos. Tuvieron que desatarlos, para poder enderezar el trineo, que había quedado atrapado entre unas rocas.

Los dos hombres estaban muy embebidos en su tarea de sacar el trineo de las rocas, cuando de repente se dieron cuenta de que uno de los perros, al que llamaban «Una Oreja», había echado a correr y se escapaba a través de la nieve, sin prestar atención a los gritos de Bill, que intentó por todos los medios impedir su huida. Unos metros más lejos le esperaba la loba, que parecía sonreír al perro, invitándole a seguirla. «Una Oreja» se acercó a ella con precaución y deseo. Los animales se observaban, se acercaban el uno al otro y se separaban, como jugando. Cuando el uno se acercaba, el otro retrocedía, enseñando los colmillos, con la cabeza erguida y las orejas alertas. Poco a poco, fueron perdiendo la timidez y se olfatearon los hocicos. «Una Oreja» cada vez se sentía más atraído por la hembra, olvidándose del trineo, de sus amigos los hombres y de sus hermanos de raza. La loba le restregó el hocico y reanudó un trotecillo corto, invitando al perro a seguirla.

Bill había logrado sacar del trineo el rifle, pero el perro y la loba estaban ya demasiado cerca el uno del otro y no se atrevió a disparar, por temor a herir a «Una Oreja».

No tardó el perro en descubrir el error que había cometido al separarse de sus amigos, pero era demasiado tarde cuando quiso rectificar y emprender el regreso. Una manada de lobos grises flacos les salieron al encuentro. Los deseos de jugar de la loba habían desaparecido y fue la primera que se lanzó sobre el lomo de «Una Oreja», intentando morderle. El perro, cortada la marcha, intentó volver al trineo y corrió, describiendo un círculo en torno al mismo.

Por momentos, alimentaba el número de lobos que perseguían a «Una Oreja», el cual no había podido descolgarse de la loba, la cual iba a corta distancia de él. La caza era cada vez más furiosa. El pobre perro se daba cuenta del peligro en que se encontraba y corría velozmente, pero sin conseguir lograr ventaja sobre sus perseguidores, que le impedían cortar el círculo y dirigirse hacia el trineo.

—Ya no aguanto más —gritó Bill furioso—. No puedo consentir que esos malditos lobos devoren a nuestros perros en nuestra presencia.

—¡No vayas, Bill! ¡Corres un gran peligro, amigo mío! —exclamó Henry muy angustiado, sujetando a su compañero, pero éste se desprendió de un tirón y corrió hacia el bosque intentando encontrar un lugar desde donde poder disparar y romper el círculo que «Una Oreja» describía en su loca carrera alrededor del trineo. A la luz del día y con un disparo, Bill tenía la esperanza de poder espantar a aquella jauría de lobos hambrientos.

Pronto coincidieron en un mismo punto Bill, el perro y los lobos. Todo ocurrió en pocos segundos. Henry no podía distinguir ese punto, los árboles se lo impedían, pero sí oyó un disparo y después otros dos casi instantáneos, y comprendió que su amigo se había quedado sin municiones. Se oyeron aullidos por todas partes. Henry reconoció el grito de dolor y terror de «Una Oreja». De pronto, todo quedó en silencio en aquella tierra solitaria. Eso fue todo.

Henry, sentado sobre el trineo, quedó anonadado durante largo rato. Por fin, comprendió que no era necesario averiguar lo que había pasado. Lo adivinaba, como si lo hubiera visto con sus propios ojos. Era incapaz de levantarse del trineo, aunque comprendía que debía moverse.

Por fin reaccionó, aunque notaba que toda su fuerza había huido de su cuerpo. Enganchó los dos perros que le quedaban al trineo, se pasó una de las correas por los hombros y reanudó la marcha, hasta que la oscuridad de la noche le hizo detenerse en un claro, donde lo dispuso todo para acampar. Reunió bastante leña y encendió una buena fogata. Desenganchó a los perros y les dio de comer. Comió algo y se preparó la cama. Se sentía agotado, deshecho. Pero pronto advirtió que le iba a ser muy difícil conciliar el sueño aquella noche.

Los lobos, excitados por la caza de unas horas antes, se habían vuelto más audaces que nunca y habían estrechado el círculo en torno al fuego. Henry no tenía que forzar su vista para distinguir con claridad sus figuras arrastrándose, yendo de un lado para otro. Los perros se habían acurrucado a sus pies, buscando su amparo junto al fuego, que procuró

mantener muy vivo durante toda la noche. Los perros aullaban de cuando en cuando, mostrando los dientes, y entonces los lobos se agitaban en el círculo. Henry les arrojaba
leños encendidos cada vez que distinguía a alguno de ellos que
intentaba acercarse hasta ellos. Así, avanzando y retrocediendo, pasó la noche y al amanecer el hombre se encontraba
muy cansado. Se sobrepuso y preparó el desayuno. Hacia las
nueve, salió el sol y se fueron retirando los lobos.

Henry aprovechó aquella tregua y preparó una alta pla-
taforma de ramas, sirviéndose de las correas que llevaba el
trineo. Cuando todo estuvo a su gusto, con la ayuda de los
perros, logró colocar la caja de madera en lo alto de las
ramas. Toda la noche se la había pasado pensando en ello
y, por fin, lo había conseguido:

—Puede que me devoren los lobos, lo mismo que han
hecho con mi amigo Bill, pero no voy a consentir que hagan
lo mismo contigo —hablaba como si el cadáver que estaba
encerrado en la caja pudiera oírle. Cuando terminó su tarea,
reanudaron la marcha. Los perros, que parecían darse
cuenta de que su salvación estaba en llegar cuanto antes al
fuerte MacGurry, tiraban del trineo con fuerza, ayudados
por Henry. Aligerado de la carga de la caja, era menor el
esfuerzo y podían avanzar más deprisa. Pero Henry no se
hacía ilusiones. La manada de lobos les seguía ahora sin
ocultarse, tranquilamente, avanzando tras el trineo con un
trote lento, dejando traslucir las costillas al balancear sus
cuerpos. Estaban tan sumamente delgados que sólo mostraban la piel pegada a los huesos. Henry estaba admirado
de la resistencia que mostraban aquellos animales. A simple vista se diría que iban a desplomarse sobre la tierra
cubierta de nieve.

Al mediodía, el sol calentaba el horizonte y los días habían empezado a ser más largos. En cuanto empezó a disiparse su luz, Henry montó el campamento y se dispuso a reunir una gran cantidad de leña. Encendió un buen fuego y se dispuso a pasar la noche. Y con la noche llegó el miedo. No quería quedarse dormido, pero el cansancio podía más que su voluntad. Y allí, acurrucado junto al fuego, con los dos perros a su lado, envuelto en una confortable piel, no se estaba mal. De cuando en cuando, echaba una cabezadita, para despertarse sobresaltado al menor ruido.

Los lobos seguían en sus puestos, cerrando cada vez más su círculo, mirándole como un presa fácil a la que habrían de devorar muy pronto. Henry contó más de veinte, los cuales le miraban hambrientos. Su imaginación se fue excitando por momentos. Empezó a sentir una gran admiración por cada parte de su cuerpo. Observó el movimiento de sus manos, de todos sus músculos. Abría y cerraba los puños, alargaba y encogía sus brazos. ¡Todo su cuerpo le pareció fascinante!, y al mirar a su alrededor y notar la presencia de los lobos, dispuestos a devorarle sin piedad, a desgarrar aquella maravilla, sintió como si despertara de una terrible pesadilla.

A pocos metros de él, distinguió a la loba, que le miraba indiferente, con su mirada llena de inteligencia, ajena al aullar de los perros. Henry sabía que aquella mirada significaba hambre, un hambre muy intensa, y que él era el alimento. De cuando en cuando, la loba se relamía, como si gozara por anticipado del placer que sentiría al devorarlo. Sintió un escalofrío de terror por su espalda. Agarró un leño ardiendo y se lo arrojó a la loba, que huyó con rapidez, demostrando que estaba acostumbrada a que los hombres le arrojaran cosas, y le mostró sus temibles colmillos con malignidad. Se miró la mano, observando su perfección. Nunca había sentido tanta admiración por su cuerpo como ahora, tan amenazado de ser devorado por aquellos horribles colmillos blancos.

Sumido en estos pensamientos pasó la noche. Al amanecer el día Henry pensó que los lobos se retirarían, pero no fue así: siguieron en sus puestos, rodeándole, sin dejarle avanzar ni un solo paso. En cuanto lo intentara, se echaban sobre él, dispuestos a atacarle.

Ya a plena luz del día, vio a pocos metros un gran tronco de pino y se propuso llevar el fuego hasta allí. Le costó más de medio día conseguirlo. Después estudió el terreno que le rodeaba, tratando de encontrar un lugar donde abundara la vegetación, para arrojar el pino ardiente en esa dirección con objeto de reunir leña suficiente para mantener el fuego encendido día y noche.

Henry temía la llegada de la noche. El cansancio aumentaba por momentos y sentía una desesperada necesidad de dormir. Los perros también estaban agotados. Los aullidos eran roncos, sin fuerzas. Se quedó unos momentos dormido y despertó al notar un ligero movimiento muy cerca. Sobresaltado, distinguió a la loba a escasos pasos de él. Los perros aullaron sin fuerzas. Henry logró coger un leño encendido y se lo arrojó, con tal tino, que le dio en el mismo hocico. La loba retrocedió, aullando de dolor, con la carne y el pelo quemados. Miraba al hombre con rabia.

Para evitar que en lo sucesivo cualquier animal pudiera cogerle desprevenido, pues casi habían perdido el miedo al fuego y cada vez se le acercaban más los lobos, Henry ideó la manera de atarse una rama a la muñeca, le prendía fuego y así, al llegar a arder casi en su muñeca, se despertaría al instante. De este modo, pudo descansar a ratos. Cuando se despertaba, atizaba el fuego y arrojaba ramas ardiendo a los lobos, cada vez más atrevidos.

Mientras dormía, tuvo terribles pesadillas. En sueños se veía ya en el fuerte MacGurry, pero, lejos de sentirse seguro, soñó que los lobos atacaban el fuerte y lograban derribar la puerta y abalanzarse sobre los allí presentes. Sus aullidos eran terribles y el sufrimiento que sentía en sueños hizo que se despertara. Muy sorprendido, se dio cuenta de que mientras dormía los lobos le atacaban, convirtiendo su pesadilla en algo muy real. Empezó una dura lucha a muerte entre él y los lobos. Por instinto, agarraba ramas ardiendo y se las lanzaba a los lobos, que habían llegado en algunos momentos al cuerpo a cuerpo, incluso a desgarrarle la ropa con profundos mordiscos.

Pensó que no podría resistir por mucho tiempo aquella lucha y redobló sus esfuerzos, lanzando astillas ardiendo sobre sus enemigos, que habían empezado a retroceder, ante las quemaduras del fuego. Henry también sufría las quemaduras del fuego en cejas y pestañas. Tenía ampollas en las manos, que le producían un dolor insoportable.

Con un esfuerzo sobrehumano, consiguió poner en fuga a sus íntimos enemigos. El campamento estaba totalmente revuelto. Aquí y allá, las astillas ardiendo dejaban ver un espectáculo aterrador. Henry arrojó una de aquellas astillas a lo lejos y se sentó sobre el trineo, agotado, pensativo, pero no vencido. Levantó el puño y con rabia les gritó a los lobos, como si éstos pudieran comprenderle:

—¡Estoy vivo y os va a costar mucho convertirme en vuestra comida, malditos lobos! —y al oír sus gritos salvajes, el círculo de animales se revolvió inquieto. La loba se adelantó, mirándole con una mirada llena de inteligencia, de hambre.

Se sintió aliviado, después de los gritos, y se dispuso de nuevo a defender cara su vida. No iba a permitir por las buenas convertirse en el postre de aquella larga comida, cuya caza le había costado a los lobos días de persecución, comida en la que «Gordito», el simpático perro, había sido el sabroso aperitivo para aquellas bestias hambrientas, a punto de enloquecer.

Una nueva idea se le había ocurrido para defender su vida. Amontonó muchas ramas, las dispuso en forma de círculo y les prendió fuego. Se quedó encerrado dentro, junto al trineo y los perros. Los lobos olfateaban, curiosos, al no ver al hombre, que se había tendido en la bolsa de dormir, para protegerse mejor. La loba, con los ojos brillantes, levantó el hocico hacia el cielo y empezó a aullar de hambre. Pronto se le unieron los aullidos del resto de los lobos, formando un coro que le produjo a Henry escalofríos.

Pasó la noche, y al amanecer el fuego se había apagado por algunos puntos del círculo, asomándose los lobos con atrevimiento. Henry intentó reavivarlo, pero se estaba quedando sin leña y no podía traspasar aquella barrera que él mismo había formado. Cada vez que lo intentaba, los lobos le salían al encuentro, dispuestos a atacarle. Intentó hacerles retroceder, pero todo fue inútil. Un animal desesperado saltó sobre el hombre, pero calculó mal la distancia y cayó sobre un montón de ramas ardientes. Retrocedió aullando de dolor y de rabia. Henry ni se inmutó. Se había sentado sobre el trineo y presentaba un aspecto muy lamentable, con las ropas quemadas y desgarradas y el desaliento dibujado en el semblante. La cabeza la tenía hundida entre los hombros y los brazos le caían a lo largo del cuerpo. Había abandonado la esperanza de sobrevivir a aquella lucha feroz, a muerte. Veía que cada vez había más claros en el círculo de fuego. Las ramas se habían consumido y estaban apagándose, y ya no le quedaba leña de reserva para reanimarlas. Las llamas cada vez eran menos altas y el círculo de fuego que había preparado se abría cada vez más. Pensativo, agotado, ya que no podía luchar, al menos podría dormir. Sentía verdaderas ansias de dormir. Los lobos podrían entrar cuando quisieran y devorarlo, pero él estaba dispuesto a dormir. A través de su mirada cargada de sueño, vio a la loba mirarle con ansia.

Cuando despertó, creyó que había dormido muchas horas, aunque en realidad sólo fueron unos momentos. Algo extraño había ocurrido, pero en su estado no sabía explicarse qué había sido. Se despertó del todo y miró a su alrededor. Los lobos habían desaparecido. Sólo quedaban sus huellas, muy cerca, sobre la nieve. ¡Qué cerca había estado de una muerte horrorosa, devorado por los lobos! Pero el sueño y el cansancio le impedían pensar con cordura. La cabeza le resbalaba entre las rodillas, vencida por el sueño.

De repente, algo le hizo levantarse sobresaltado. Gritos de hombres y ruido de traíllas con perros que se dirigían hacia él le despertaron unos momentos. Muy pronto, cuatro trineos rodearon a Henry, que se encontraba postrado, borracho de sueño, en aquel círculo de fuegos aislados y a punto de apagarse. Unos cuantos hombres le sacudían, intentando que se pusiera en pie y hablara. Entre dientes, pudieron oír que decía, con voz muy lenta, como si estuviera borracho:

—Los lobos nos persiguieron... Una loba extraña acudía todos los días a comer con los perros... Luego los devoraron... También mi amigo Bill...

Le sacudieron a golpes, con violencia. Henry movía la cabeza con pesadez.

—... al otro no pudieron devorarlo... está...

—¿Dónde está lord Alfred? —le gritó un hombre al oído, sacudiéndole de nuevo—. ¿Está vivo o muerto?

—... esperando en lo alto de unas ramas, en una caja... muerto... Por favor, amigos... estoy agotado. Necesito dormir...

Ya no pudo articular palabra. Lo echaron sobre unas mantas y pronto estuvo roncando, dormido profundamente.

Allá, a lo lejos, se oían los aullidos de hambre de los lobos, que, perdida su presa humana, se alejaban, buscando las huellas de otros animales que les sirvieran de alimento.

SEGUNDA PARTE

La guerra de los colmillos

Los lobos se vieron sorprendidos por la presencia de aquellos trineos. No tenían ganas de abandonar una presa que les había costado tantos días seguir y tantos sufrimientos, temiendo al fuego. Ahora que estaban a punto de alcanzarla, que el fuego ardía casi mortecino en el campamento, oyeron los aullidos de los perros y los gritos de los hombres. Todavía se arremolinaron unos momentos alrededor del fuego.

La loba fue la primera que abandonó aquellos parajes, comprendiendo que allí no había nada que hacer. Pronto la siguieron el resto de los lobos de la numerosa manada. Al frente de ellos trotaba un gran lobo gris, el cual de cuando en cuando mostraba los largos colmillos, para advertirles que él era quien mandaba allí. Todos aceptaron su jefatura sin intentar adelantarlo. Aceleraron el paso y alcanzaron a la loba, la cual se unió al resto de la horda.

Pronto el lobo gris se fijó con atención en la loba. Ella se dejaba alcanzar y el lobo gris no le mostraba los colmillos amenazadores como a los demás. Empezó una especie de coqueteo entre los dos. La bondad del jefe hacia ella era excesiva y era ella la que le clavaba los dientes cuando él intentaba acercarse demasiado y se echaba a un lado. Parecía ante ella un torpe enamorado, que no sabe cómo hacer para atraer a su amada. Y lo peor de todo es que el tremendo lobo gris había observado que al lado de la loba trotaba un viejo lobo, lleno de cicatrices, huellas de las muchas peleas que había sostenido con otros lobos. Pronto se dieron cuenta de su rivalidad. La loba estaba encantada con las atenciones de los dos amantes. A menudo tenía que enseñarles los colmillos para que se alejaran y la dejaran llevar el paso del resto de la manada. Hubieran llegado a la lucha abierta por la loba a no ser por el hambre que atormentaba a aquella horda de animales famélicos, a punto de consumirse. Dejaron sus rivalidades para más adelante.

Cuando tenía que apartarse de la loba, objeto de sus deseos, y unirse al resto de la manada, el viejo «Tuerto» siempre tropezaba con un lobezno de unos tres años que también se había fijado en la loba y la hacía blanco de sus atenciones. El lobezno era fuerte y vigoroso al comparársele al resto de los lobos, tan debilitados por el hambre. Pero respetaba al viejo lobo y no osaba nunca sobrepasarle en la marcha y adelantarse al «Tuerto», que ya le había advertido, a fuerza de mordiscos, quién era allí el más fuerte.

Había surgido una triple rivalidad por la posesión de la loba y ninguno estaba dispuesto a renunciar a ella. Los tres lobos se enfrentaban, enseñándose los blancos colmillos, y formaban a veces tales trifulcas, que impedían la marcha normal de la manada, sembrando el malhumor y la confusión en el resto de los lobos, demasiado afanados por encontrar alimentos, para ocuparse en aquellos momentos del amor. Todo hubiera sido distinto si hubieran encontrado caza, pero de momento el hambre les mantenía unidos. Su situación era cada vez más desesperada. Los animales, famélicos, debilitados por la falta de comida, marchaban a un ritmo demasiado lento, aunque incansable. No se podía explicar de dónde sacaban fuerzas y la energía suficiente para proseguir.

Corrían día y noche, a través de largas distancias, en un mundo helado, sin vida. Sólo ellos poseían vida y seguían su interminable viaje, en busca de la supervivencia. Atravesaron bosques y riachuelos helados hasta que, por fin, encontraron lo que buscaban: la caza.

Ante ellos apareció un enorme reno, por lo menos pesaba más de cuatrocientos kilos. Ya tenían comida. Carne viva que no estaba protegida por el fuego. Se olvidaron de su paciencia y de las precauciones y saltaron sobre el reno por todas partes. El corpulento macho se defendía con bravura, con rápidos movimientos de su cuerpo y pezuñas. Los destrozaba, cuando lograba atrapar a alguno. Fue una lucha encarnizada, salvaje y feroz. Pero los lobos le habían condenado a muerte y le devoraron vivo, cuando todavía el animal luchaba por su vida. La loba le dio un profundo mordisco en la garganta, mientras los demás animales se agarraban a él por todos lados. A los pocos momentos, sólo quedaban de aquella espléndida bestia unos huesos esparcidos por el suelo nevado.

Los lobos se relamían, satisfecho su terrible apetito. Ahora ya podían descansar y dormir. Había pasado el grito espantoso del hambre.

Durante unos días se dedicaron al descanso, una vez satisfecha el hambre. La caza ya no les preocupaba. Era muy abundante en aquella tierra rica en frondosos bosques. En cualquier recodo del camino tropezaban con manadas de renos, de las que era fácil obtener el sustento del día. Poco a poco se fueron acostumbrando a cazar por separado, hasta que un día se dividieron en dos grupos y siguieron caminos diferentes. La loba, el jefe de la manada y el «Tuerto» encabezaban el grupo de lobos que eligió seguir el camino de las aguas bajas del río Mackenzie. También les siguió el atrevido lobezno que hacía la corte a la loba.

Caminaron siempre hacia el oeste, atravesando los lagos. Por el camino quedaron muchas parejas de lobos, que preferían seguir por otros derroteros. La loba se iba volviendo cada vez más feroz y caprichosa, y más de un lobo llevaba la marca de sus colmillos en su piel. Llegó un día en que sólo la seguían sus tres enamorados: el «Tuerto», el jefe de la primera manada y el más audaz de los tres, el lobezno atrevido y ambicioso. Ninguno le oponía resistencia cuando ella estaba furiosa y les enseñaba los colmillos con rabia.

La rivalidad de los tres lobos llegó a tal extremo, que al fin ocurrió lo que ya esperaban desde el principio. Los tres se decidieron a luchar por la posesión de la loba. Ahora ya no tenían que preocuparse por los alimentos. No tenían hambre. Había llegado el momento de pensar en el amor. Guiado por su inexperiencia y su juventud, el lobezno fue el primero en atacar y eligió al «Tuerto», pensando que le sería fácil deshacerse del viejo lobo. Se lanzó sobre él por el lado que no veía, y de un mordisco le arrancó una oreja. Pero el «Tuerto», con la experiencia de muchas peleas como ésta a lo largo de su vida, lo que probaban la falta de un ojo y las muchas cicatrices sobre la piel, no dudó ni un instante en cómo tenía que proceder

contra el orgulloso y fuerte lobezno. Lucharon con nobleza, pero también con encarnizamiento.

La loba, tendida en la tierra, contemplaba el espectáculo sintiéndose la protagonista del mismo. Se diría que estaba satisfecha de la lucha entre el viejo y el joven por poseerla. Era muy difícil saber a favor de quién hubiera ido la suerte, a no ser porque el jefe de la manada se decidió a intervenir en la feroz pelea en favor del «Tuerto», pensando lo mismo que pensó el lobezno, que luego le sería muy sencillo deshacerse del viejo y cansado lobo.

Los dos veteranos atacaban sin piedad al lobezno, hundiendo sus colmillos una y otra vez en su piel. Ya se habían olvidado de los viejos tiempos, cuando eran compañeros y juntos habían soportado el hambre más atroz y la miseria. El deseo era en esos momentos lo único importante para ellos.

A pesar de su valentía, el lobezno no pudo resistir los ataques de sus dos rivales, que le arrebataron la vida en pocos momentos. La loba, erguida sobre sus patas traseras, contemplaba a los vencedores con una sonrisa divertida. El «Tuerto» pensó que ya tendría tiempo de divertirse con la loba, y en un descuido del joven jefe, que se lamía una herida, se lanzó sobre él, lleno de destreza y sabiduría y apretó los colmillos con todas sus fuerzas, seccionándole la yugular, con un corte limpio y profundo. El joven jefe, herido de muerte, lanzó un aullido desesperado. Intentó atrapar al «Tuerto», pero las fuerzas iban abandonando su cuerpo, la vista se le nubló y todo desapareció ante sus ojos y cayó sobre la nieve, sin vida.

El «Tuerto» fue a buscar a la loba, que seguía echada sobre sus patas traseras, sonriendo divertida. En el bosque, la tragedia del amor y el sexo sólo es para los que sucumben en la lucha. Los que triunfan encuentran el placer y la perfección. Por primera vez, el «Tuerto» recibió las caricias de la loba. Pronto olvidaron la pelea y la muerte sangrienta de los dos rivales y se entregaron a un juego divertido, retozando como cachorros en la nieve. Sólo por unos momentos el «Tuerto» recordó el trágico final de aquel cuento de amor escrito con sangre sobre la blanca nieve. Se detuvo unos segundos para lamerse las heridas, pero pronto se olvidó de todo y saltó detrás de la loba, que le invitaba a seguirla.

Juntos siguieron su camino días y días, compartiendo sus juegos y su caza, sin permanecer durante mucho tiempo en el mismo sitio, hasta que de nuevo volvieron al Mackenzie. A veces la loba se sentía inquieta husmeando las cavidades de las rocas, sin encontrar lo que buscaba.

Entonces, el viejo «Tuerto» procuraba distraerla, sin saber cómo actuar para ayudarle. Después, cuando se calmaba, proseguían su camino por las aguas bajas del río. A veces se adentraban para cazar en los bosques y se encontraban con otros lobos, pero ninguno tenía deseos de formar de nuevo otra horda y siempre regresaban al río.

Así fue pasando el tiempo, y cierta noche, cuando corrían por la inmensidad de las tierras nevadas a la luz de la luna, el «Tuerto» se detuvo en su caminar, con la cola tiesa y el hocico levantado, olfateando el aire, tratando de descifrar su mensaje. La loba, cautelosa, comprendió pronto que no corrían ningún peligro y siguió su camino, invitando a su compañero a seguirla por la llanura, hasta que llegaron a un terreno cubierto de árboles y se detuvieron de nuevo, permaneciendo juntos, husmeando el aire, que les trajo hasta los oídos el ruido gutural de la voz de los hombres, los gritos de los perros, el llanto de niños. Desde donde estaban, poco podían ver, pero el aire les trajo el olor del humo de un campamento indio. Para el «Tuerto» aquello no significaba nada. Para la loba era el recuerdo de una larga historia vivida en otros tiempos, historia que la conmovía y ponía en sus ojos una nueva expresión de inteligencia.

El «Tuerto», impaciente, con aprensión, echó a correr, invitándola a seguirle, aunque comprendió en esos momentos lo que la loba había estado buscando aquellos días en que la notaba impaciente, inquieta. Sabía que la loba tenía necesidad de encontrarse entre los hombres, de acercarse al fuego y pelear con los perros. Se extrañó cuando la vio dar la vuelta y seguirle hasta alcanzar de nuevo la protección de los árboles y siguieron su camino. Pronto fueron a parar a un sendero en el que se veían huellas recientes sobre la nieve. Se arrastraban con mucha precaución, olisqueando las huellas, visibles a la luz de la luna. Pronto se encontraron en un claro y divisaron una figura muy blanca, que se balanceaba. El viejo «Tuerto» pensó que sería muy sencillo capturar aquella cosa blanca. Dio un salto y se colocó debajo de ella. Comprobó que era una liebre blanca, que saltaba sobre su cabeza. Intentó atraparla de un mordisco, pero la liebre se elevó con rapidez y el «Tuerto» sintió temor y se acurrucó sobre la nieve. La loba se adelantó y probó suerte, pero no consiguió atrapar la liebre. El «Tuerto» recuperó su confianza y dando un gran salto consiguió atrapar a su presa, pero de pronto oyó un ruido y vio que un árbol se inclinaba sobre él, como si intentara golpearle. Lleno de pánico y de rabia, soltó la presa. Inmediatamente, el árbol volvió a enderezarse, con la liebre en lo alto. La loba estaba contrariada y enseñó los colmillos a su compañero, que por primera vez se revolvió contra ella, la cual demostró su extrañeza hundiendo los colmillos en el cuello del «Tuerto», que trató de calmarla, sintiendo más miedo de la loba que de aquella extraña liebre que seguía balanceándose en lo alto del árbol. Se arrastró por la nieve, esperando el ataque de la loba, pero ésta se quedó quieta y el «Tuerto» volvió a la carga, agarrando de nuevo a la liebre, pero cada vez que tiraba de ella el árbol se inclinaba amenazante. La loba le ayudó a salir del apuro. Agarró la liebre con fuerza y le arrancó la cabeza de una dentellada. El árbol volvió a erguirse, como haría todo árbol que se precie de serlo, y ellos devoraron con gran placer la liebre, reanudando después su camino. Y fue así como aprendieron a robar las trampas de los cazadores, recorriendo otros lugares como aquél, donde las liebres colgaban de los árboles.

Como de costumbre, la loba iba delante, abriendo la marcha.

El cubil de la loba

El «Tuerto» se sentía inquieto, preocupado, por la atracción que el campamento indio ejercía sobre su compañera la loba, la cual no se atrevía a alejarse de aquellos parajes. Se vieron obligados a ello cuando un buen día un proyectil de un rifle silbó a escasos metros del «Tuerto» y fue a parar al tronco de un árbol. Huyeron por un sendero que ya conocían, poniendo gran distancia entre ellos y los cazadores. Sin embargo, la loba seguía inquieta, buscando con ansiedad algo que el «Tuerto» desconocía. Estaba cada vez más pesada y apenas si podía correr tras las liebres. Cada vez con más frecuencia, sentía la necesidad de echarse en el suelo para descansar y se volvía por momentos más huraña ante sus caricias, a las que respondía con mordiscos. Procuró ser paciente y galante con ella, pero cada vez le resultaba más difícil.

Recorrieron unos kilómetros, hasta encontrar un arroyo, aguas arriba del río Mackenzie. El arroyo estaba completamente helado y la loba lo recorrió pesadamente, con lentitud. El «Tuerto», que iba delante, se volvió a ella y vio que se había detenido delante de una caverna que había entre las rocas. En seguida comprendió que su compañera había encontrado, por fin, lo que tanto tiempo llevaba buscando.

La loba se introdujo en la cueva y la examinó atentamente. Al principio resultaba algo estrecha, pero después encontró un ensanche y allí se echó la loba, con cansancio, pero satisfecha. El «Tuerto», que la observaba desde la entrada, se sintió tranquilo al verla mover las orejas y relamerse el hocico con la lengua, señal de que estaba contenta.

El «Tuerto», echado a la entrada de la cueva, empezó a sentir el cosquilleo del hambre y el sueño. Había recorrido muchas millas hasta llegar a aquel lugar, donde el sol de abril relucía con más fuerza cada día sobre la nieve. Podía percibir el olor de la primavera en el aire y de nuevo la vida acudía a aquellas tierras del Norte, haciendo correr la savia por los árboles y aparecer los nuevos brotes. Se quedó dormido ante la placidez que le rodeaba. Le despertó el roce de un mosquito en la nariz, un miembro solitario de su especie que había permanecido todo el invierno escondido en una grieta y se había despertado con el calor del sol. El «Tuerto» sentía la llamada de la primavera. Necesitaba correr, buscar alimentos que calmaran el hambre. Se introdujo en la cueva y trató de convencer a su compañera para que le siguiera, pero la loba le recibió enseñándole los colmillos, por lo que salió huyendo, atraído por la hermosura de aquellos parajes, de nuevo iluminados por el sol. Durante unas horas buscó caza, pero las liebres le resultaron inalcanzables sin la ayuda de su compañera. Regresó a la cueva donde había dejado a la loba, más cansado y hambriento que cuando se fue.

Desde la entrada oyó unos sonidos que le recordaban algo familiar, pero que no eran de su compañera. Intentó arrastrarse hacia el interior, pero un aullido de la loba le obligó a salir de nuevo al exterior. No quería exponerse a los mordiscos de los colmillos de la loba, pero sentía curiosidad por aquellos sonidos ahogados que salían de la cueva. Al fin, la curiosidad pudo más que el temor a disgustar a su compañera y con mucho sigilo se deslizó por el pasadizo, hasta que pudo distinguir el curioso grupo que formaban la loba y cinco cachorrillos que todavía no habían abierto los ojillos a la vida, a la luz de la primavera. La verdad es que el «Tuerto» a lo largo de su vida ya había visto muchas veces algo parecido, pero siempre quedaba sorprendido, como si el nacimiento de nuevos seres fuera un verdadero milagro. A la vez, sintió algo muy profundo, que formaba parte de todo su ser, el sentimiento más noble y natural que puede experimentar cualquier ser vivo. Se sentía padre, nada más y nada menos, y lo aceptó como lo que era, un sentimiento muy natural. Ahora, su misión era cuidar de la loba y las crías. Por eso, sin hacer caso de los gruñidos de su compañera, se alejó de la cueva y se dispuso a buscar alimentos a toda costa.

La loba, por su parte, se sentía inquieta cada vez que veía los intentos del «Tuerto» por acercarse. Su instinto le decía que no era la primera vez que un lobo había devorado a unas crías al poco tiempo de nacer; de ahí sus gruñidos y amenazas contra el viejo lobo, y cuando vio que éste se alejaba de la cueva, respiró tranquila. Comprendía que el instinto paternal se había despertado en el «Tuerto» con gran intensidad y se sentía agradecida.

Por su parte, el «Tuerto» se entregó con entusiasmo a la búsqueda de alimento y pasó muchas horas —recorrió kilómetros, siguiendo las márgenes del río—, sin que encontrara algo que mereciera la pena. Llegó a un lugar donde el río se dividía en dos brazos y, por instinto, siguió caminando por el de la derecha. Pronto encontró unas huellas recientes, las siguió y su agudo olfato le llevó cerca de su posible presa, un puerco espín, que hacía gran ruido al afilar sus dientes mordiendo la corteza de un árbol.

El viejo lobo, sin abandonar las precauciones que le aconsejaba su larga experiencia de cazador, avanzaba con sigilo, pues conocía desde hacía muchos años los numerosos trucos de que se valía aquella especie para defenderse de sus perseguidores y, aunque hasta entonces no había podido soportar como alimento la carne del puerco espín, su instinto paternal, que se había desarrollado en él con gran intensidad, le decía que debía aprovechar aquella oportunidad. Pero no contaba con la astucia y la sensibilidad de aquel animal, que pronto advirtió la proximidad del peligro y se enrolló en forma de bola, toda cubierta de largas y finas espinas, que impedían al lobo atacar, por miedo a que le sucediera lo mismo que otra vez, cuando aún era muy joven e inexperto, que se acercó demasiado a olisquear una de esas bolas y durante semanas llevó clavada en el hocico una de sus agujas, quemándole la carne como si fuera un ascua de fuego. Así que esta vez se detuvo cerca de aquella bola y esperó a ver si en un descuido el puerco espín se abría un poco y podía de un zarpazo acabar con él.

Esperó mucho tiempo, con paciencia infinita, pero el puerco espín ni siquiera movió una de sus púas. Como no sabía lo que podría durar aquella situación, se levantó y decidió probar mejor suerte más adelante. El hambre empezaba a morderle el estómago. Además, debía procurar alimento para la loba.

Al salir a un claro del bosque, el lobo se topó con una gallinácea que le resultó fácil de atrapar y calmó su apetito. Pero no olvidaba su instinto de padre, y siguió su camino, tratando de encontrar algo digno de la loba y los cachorrillos.

Recorrió unos cuantos kilómetros más y, viendo que no conseguía capturar una pieza de importancia, decidió volver sobre sus pasos y ver qué había pasado con el puerco espín. A lo mejor tenía suerte y conseguía atraparlo. El tiempo había pasado y llevaba muchas horas alejado de la cueva y de los suyos. La impaciencia empezó a apoderarse de él.

Ya cerca del punto de bifurcación del río, hacia donde se deslizaba con mucha suavidad, como si sus patas estuvieran cubiertas por terciopelo, volvió a encontrar unas huellas muy grandes, que por la mañana las había desechado por considerar inútil enfrentarse por sí solo con una presa de mucho mayor tamaño que el suyo. Redujo la marcha y siguió aquellas huellas con cautela, sin hacer el menor ruido. Pronto descubrió que un lince de enorme tamaño ocupaba el mismo lugar que él había dejado frente al puerco espín, cansado de esperar.

El «Tuerto» se interesó vivamente por el resultado de aquella espera. El viejo lobo se había convertido en el espíritu de su sombra, tal era el sigilo con el que se conducía para no llamar la atención del lince. Se echó sobre la nieve y esperó, observando con curiosidad aquella especie de juego entre el lince y el puerco espín. Y pasó el tiempo sin que ocurriera nada. La bola de espinas parecía que se había convertido en una piedra y el lince, como si hubiera muerto, tales eran sus cuerpos carentes de todo movimiento y, sin embargo, aquellos animales estaban llenos de vida. De pronto, el «Tuerto» observó con más interés y vio cómo el puerco espín, creyendo que su enemigo se había cansado de esperar y se había marchado, abría con lentitud, sin prisa, aquella especie de armadura de espinas. Se le hizo la boca agua, pensando en la comida que aquella carne podría proporcionarle.

Y en eso estaba, cuando todo ocurrió en pocos segundos, sin que apenas pudiera darse cuenta de lo que había ocurrido. El lince se lanzó como un rayo sobre el puerco espín y con la pata provista de largas uñas desgarró el vientre del otro animal, pero retrocedió aullando de dolor, con la pata toda cubierta de largas púas, como si fuera un alfiletero. El «Tuerto» se sentía muy excitado ante el cariz que tomaba la pelea. Lleno de rabia y dolor, el lince se arrojó de nuevo sobre el puerco espín, que herido de muerte todavía tuvo fuerzas para dar un tremendo coletazo y llenarle a su enemigo el hocico de agudas espinas. El lince se restregó el hocico con la nieve, sin dejar de aullar de dolor y de rabia, incapaz de desprenderse de aquellas púas. El «Tuerto», desde su escondite, no perdía detalle de la pelea. De repente, el lince lanzó un largo grito de dolor y echó a correr por la nieve.

El «Tuerto», cuando estuvo seguro de que el lince ya no volvería por aquel lugar, salió de su escondite y se acercó con precaución al puerco espín, el cual le recibió enseñándole los dientes con fuertes gruñidos, llenos de dolor. La sangre manaba de su cuerpo, arrollado de nuevo en forma de bola, aunque no del todo, pues el lince había logrado abrirle el vientre. Poco a poco, las espinas dejaron de estar tan rígidas y el cuerpo del animal dejó de temblar, hasta que se estiró y quedó muy rígido. Entonces el lobo se acercó a él y le dio la vuelta, comprobando que estaba muerto. Lo agarró de forma que no le hirieran las púas de la cabeza y lo arrastró río abajo. El «Tuerto» se comió ahora la gallina que había cazado antes sin remordimientos, pues llevaba suficiente alimento para los suyos.

Cuando llegó ante la cueva, lleno de orgullo presentó a la loba el producto de su día de caza y ésta le lamió el hocico, agradecida, pero le mostró los dientes cuando se acercó a los cachorrillos, aunque esta vez la advertencia de la loba estaba llena de ternura y demostraba que el miedo había desaparecido hacia el padre de sus crías, ya que el «Tuerto» se había comportado con ella y sus cachorros como todo buen lobo que se precie serlo.

El cachorro gris

De los cinco lobeznos que formaban la camada, él era el único que verdaderamente pertenecía a la raza de los lobos, el que más se parecía a su padre, el viejo «Tuerto», que lo contemplaba orgulloso, encontrando que se le parecía como si fuera su vivo retrato, pero con dos ojos, claro. El resto de los lobeznos empezaban a mostrar aquel extraño tono rojizo que lucía la piel de su madre, la loba. Pero él era gris, completamente gris, como todo lo auténtico.

Los primeros días de su existencia los pasó con sus hermanos en el interior de la cueva, en la semioscuridad. Se servían del olfato y el tacto para ir reconociendo, poco a poco, lo que les rodeaba. Conocían muy bien a la loba, que, como una madraza, los lamía y los acariciaba con ternura, apretándolos contra su cuerpo, hasta que los cachorrillos se dormían. El sueño y el alimento constituían casi sus únicas actividades, pero muy pronto fueron abriendo los ojos y las maravillas del mundo se fueron mostrando ante ellos.

Todavía sus músculos eran inseguros, pero ya correteaban por la cueva, reconociendo los muros que la rodeaban. Cierto día descubrieron que por uno de sus muros entraba algo claro, caliente, agradable, y hacia aquel lugar dirigieron su atención desde ese mismo instante. Ya no les interesaba husmear aquellas paredes que muchas veces, al tropezar en su torpe andar, les habían hecho descubrir algo desagradable: el dolor.

El lobezno gris desde los primeros momentos se mostró como el más atrevido y también el más gruñón. Pronto de su garganta salieron débiles ronquidos, presagio de lo que serían tremendos aullidos, cuando fuera un lobo adulto. Ya conocía a sus hermanos y sus hermanas, que tampoco eran muy pacíficos. La vida bullía con ímpetu en sus cuerpecillos, ansiosos por conocerlo todo y, cómo no, lo que más les atraía era aquella luz que entraba en la cueva. Más de una vez, la loba tuvo que recogerlos con el hocico y llevarlos al interior de la cueva, pues ya intentaban escapar por el agujero, buscando la vida exterior, para la que todavía no estaban preparados. Y de nuevo los cachorrillos, al menor descuido, se dejaban llevar por la fascinación de aquella luz, objeto de continuas exploraciones, aunque todavía no sabían que aquélla era la entrada a su hogar. ¡Qué podían saber ellos de entradas ni salidas! Sin embargo, la vida se desarrollaba velozmente en sus cuerpecillos y ya conocían a la perfección también a su padre, el «Tuerto», al que veían muy parecido a su madre y que tenía la costumbre de salir por aquel agujero de luz y regresar con alimentos.

Eran cachorros feroces, como correspondía a su raza, una raza de animales carnívoros, que todos los días se veían obligados a matar, para procurarse alimentos. El cachorrillo gris era él más feroz de todos y el más travieso. Fue el primero que aprendió a derribar a sus hermanos, cuando jugueteaba con ellos, y a agarrarles de las orejas y arrastrarlos. También cuando se enfadaba era mucho más temible que sus hermanos, y entonces apretaba con fuerza los dientes y miraba amenazador. Estos arrebatos de ira los cogía siempre que la loba lo arrastraba al interior de la cueva y lo alejaba de aquella luz que era una obsesión para él. Pronto dejó de husmear por el interior de la cueva, y al menor descuido de la loba se dirigía hacia la luz, tras las huellas de su padre.

El lobezno gris y sus hermanos eran felices. Su madre les proporcionaba alimento, leche y, muy pronto, también carne, que la loba masticaba y luego metía en el hocico de los cachorrillos. Bien alimentados, sólo tenían que preocuparse de jugar y dormir. En realidad, no eran muy aficionados a pensar mucho en sus actos. Sobre todo el lobezno gris, que sólo se preguntaba por qué le pasaban las cosas, sin preocuparse de más. Aceptaba de buena gana, sin sacar conclusiones, que los hechos eran así y nadie puede cambiarlos. Su padre era su padre y sabía que la misión de éste era buscar alimentos y defenderlos, y el de la loba el cuidarlos y alimentarlos.

Así fueron pasando los días, entre juegos y aprendizaje de la vida. Y llegó un tiempo en el que el lobezno gris descubrió algo muy desagradable de la vida: el hambre, algo innato en aquellas vastedades árticas, desoladas e inhóspitas.

Primero les faltó a los cachorrillos la carne masticada que con mimo les ofrecía la loba, pero no la echaron mucho de menos. Eran muy pequeñitos y este tipo de alimento no les era indispensable para sobrevivir. Lo malo fue cuando les faltó la leche. La loba, hambrienta, falta de comida, se quedó sin leche y no podía amamantar a sus crías.

La loba se desesperaba, impotente, oyendo los gemidos de los cachorrillos, que se iban debilitando poco a poco, sin que ella pudiera hacer nada por volverlos a ver alegres, retozando. Ya ni siquiera tenían fuerza para sus inocentes peleas. Se fueron sumiendo en un largo sueño, gimiendo débilmente. El aspecto de la cueva había cambiado por completo, la miseria y la tristeza reinaban en ella. El «Tuerto» se pasaba las horas fuera, buscando caza por los alrededores, pero todo era inútil. Su compañera también dejó la cueva y se dedicó a la caza con desesperación.

Al producirse el deshielo de los ríos, los indios habían abandonado el campamento y se habían marchado en sus canoas. Ni siquiera ese recurso les quedaba. Algunas veces, cuando no tenían otro recurso, se habían acercado hasta los vivac de los indios y siempre habían encontrado algo de comida. Pero hasta eso les había fallado.

Cierto día, el cachorro gris se despertó de nuevo a la vida y se encontró solo. En vano buscó a sus hermanos a su alrededor. Los infelices habían sucumbido poco a poco. Tampoco vio a la entrada de la cueva la figura familiar del «Tuerto» y le echó de menos. En una de sus excursiones en busca de caza, la loba encontró los restos del «Tuerto», muy cerca de la madriguera del lince. La lucha debió ser encarnizada, a muerte. Y al viejo lobo le había costado la vida. De buena gana se hubiera enfrentado al lince, pero en seguida comprendió que entrar en aquella cueva, donde estaban las crías del lince, hubiera sido una locura por su parte. Además, estaba el lobezno gris. Tenía que ocuparse de él, de lo contrario se le moriría como los otros. Así que dejó para más adelante el momento de saldar cuentas con el lince. Ya llegaría el día de vengarse de su enemigo, desafiando el peligro. Su instinto maternal era lo más importante por el momento.

El miedo

En su corta vida, el cachorro gris ya había aprendido muchas cosas: unas se las había enseñado la loba, su astuta madre, y otras las había llegado a conocer por instinto, como herencia de generación en generación, transmitida de padres a hijos y que cada especie animal lleva en lo más íntimo de su ser, formando parte integrante de sus vidas. Él sabía que en la vida hay cosas agradables, buenas, y otras muy malas, y que había una especie de barrera que las separaba. No comprendía bien lo que era una ley, pero sí sabía muy bien distinguir lo que le producía bienestar y alegría, como el juego con sus hermanos, aquellos destellos luminosos de la entrada de la cueva, y lo que le hacía daño y le causaba dolor, y que había que seguir y obedecer unas reglas fijas, para no recibir daño y gozar de la vida.

Dentro de la cueva, el lobezno no había tenido todavía ocasión de sentir miedo y, sin embargo, su instinto le decía que esa cosa existía, aunque no supiera explicarlo; pero algo comprendía sobre el tema, cuando su madre la loba tanto insistía en hacerle comprender que no debía sentirse atraído por la luz de la entrada, que debía permanecer dentro, cosa que la loba unas veces le advertía con ternura, lamiéndole el hocico, pero otras veces tenía que apartarlo de allí sin contemplaciones, para que él supiera que aquello era malo. Y no tardó en comprobarlo por sí mismo.

Un día, cuando la loba salió de caza, el lobezno se quedó solo. Le despertó un sonido muy extraño. Como era un sonido que desconocía, sintió algo muy desagradable, pero que él todavía no sabía que aquello era miedo. Por instinto, se le erizaron los pelos y trató de huir y esconderse. Sintió mucho, mucho miedo. Gracias a la loba, que regresó muy pronto y espantó a aquel intruso que olisqueaba la cueva. Cuando su madre empezó a lamerlo y acariciarlo con ternura, se sintió más tranquilo, aunque sabía que gracias a ella había escapado de algo terrible, algo malo.

Pese al miedo, el cachorro estaba en pleno crecimiento. Y así como su cuerpo cada día se hacía más grande y adquiría nuevas fuerzas, su mente de lobo le pedía variar de vida, conocer lo que había detrás de aquella luz de la entrada, pese al empeño de la loba para que no saliera.

Su instinto le decía que debía obedecerla, pero a la vez sentía un ansia de vida tan grande dentro de sí mismo, que un día ya no pudo resistir más y se decidió a recorrer el iluminado pasadizo de la entrada. Estaba como loco, por allí no encontraba la resistencia de los muros de la cueva, con los que siempre tropezaba al husmear, haciéndose daño en el hocico. La luz era cada vez más intensa, hasta tal punto que tuvo que cerrar los ojos, pues no veía nada. Poco a poco, los fue abriendo y descubrió ante él una tierra sin límites. Ya no había muros sino árboles, muchos árboles, que se extendían por las orillas del río y por las montañas. Y por primera vez contempló el cielo, por encima de él y de los árboles. Naturalmente, él no sabía en aquellos momentos distinguir los árboles de las rocas o el río del cielo. Todo era nuevo y lo contemplaba por primera vez en su vida. Pero estaba fascinado, sin saber qué hacer. Por unos momentos, pensó en regresar, pero cada vez sentía más

curiosidad por conocer aquel mundo desconocido, aunque empezó a tener miedo. Además, no sabía calcular las distancias ni lo que significaba un desnivel en el terreno. Lo desconocía todo en aquel mundo lleno de luz. Así que siguió adelante, y de repente sintió que el suelo se le escapaba de las patas y se vio suspendido en el aire. Había llegado a un pequeño terraplén y perdió el equilibrio. Dentro de la cueva, el suelo era plano; por eso él ni siquiera había tomado precauciones, aparte de que todavía su instinto no le había enseñado a ser muy precavido. De este modo cayó sobre unos troncos. Al golpearse se hizo daño; sintió dolor y miedo, y pensó en volver. Estaba magullado y lleno de barro. Se lamió la suciedad, gruñendo indefenso.

Algo más tranquilo, miró a su alrededor y de nuevo le invadió la curiosidad. Olisqueó la tierra, las rocas, los troncos secos, y de repente, algo que se movía a gran velocidad le pasó rozando. Se quedó petrificado por el terror. Era una inocente ardilla, que con gran agilidad trepó a un árbol y que, sin que lo pudiera ni siquiera sospechar el cachorrillo, llevaba en su cuerpo más miedo que él, que reaccionó del susto y le enseñó los dientes con rabia.

Y siguió avanzando por el camino. Tropezó con un pájaro carpintero que estaba muy afanado picoteando un tronco. Al ver que no pasaba nada, siguió ya más tranquilo, descubriendo aquí y allá nuevas señales de vida. Intentó juguetear con un pájaro, pero cuando le alargaba la zarpa el pájaro levantó el vuelo y desapareció. Aprendía más y más a cada momento. Además del hambre, el dolor, el miedo y el placer, ya sabía distinguir entre las cosas que se mueven, que están vivas, y otras que parecen estar siempre en el mismo sitio. Supo que tenía que guardarse de las cosas vivas, para no recibir daño. Pero todavía seguía siendo muy torpe y a cada paso tropezaba con los troncos y los guijarros del camino, y así fue aprendiendo a calcular la fuerza de sus músculos y las distancias entre las cosas. Se iba también despertando en él su instinto de cazador innato. Ya en esta su primera salida de la cueva se le presentó la ocasión, de improviso, de cobrar su primera presa. Sin darse cuenta pisó un tronco medio podrido, que cedió ante su peso y le hizo caer en el interior de un hueco blando, y de nuevo se apoderó de él el miedo. Este hueco resultó ser el nido de un ave en el que piaban varios polluelos. Cuando se dio cuenta de que no sentía ningún dolor, jugueteó con los pajarillos, cogiéndolos con las zarpas, pero los encontró muy chiquitines para sus juegos. Los olió y, por instinto, sintió hambre. Se metió uno en la boca y lo trituró con los dientes. Sintió el cosquilleo de las plumas y el sabor de la sangre fresca. Aquello le supo mucho mejor que la carne a medio masticar que le ofrecía su madre, la loba, y se los comió todos, relamiéndose de gusto. Entonces intentó salir de aquel agujero, pero la madre de los polluelos le salió al encuentro, atacándole sin piedad, hecha una furia. Reaccionó enseñándole los dientes al pájaro y fue así como, por primera vez también, entabló la lucha con otro animal. El instinto cazador de su raza salió en seguida a flor de piel y se defendió a zarpazos, hasta que casi le arrancó un ala a su enemiga, que revoloteaba a su alrededor y cada vez perdía más plumas. Estaba muy excitado y atrevido, y no sentía nada de miedo. Por fin había descubierto el objeto y la razón de su existencia: la caza para poder subsistir.

Hubiera seguido luchando con todas sus fuerzas, a no ser porque el ave le lanzó repetidos picotazos en el hocico y sintió un gran dolor. Inmediatamente soltó al pájaro y, sin ningún rubor, emprendió la huida con gran rapidez, buscando refugio entre los árboles. Se sentía cansado y muy magullado. Se lamió el hocico, para calmar el dolor. Y ya se estaba consolando un poco cuando un nuevo sobresalto le hizo temblar de miedo. Un temible halcón descendió en picado y erró su presa por muy pocos centímetros. Se ocultó con rapidez entre los arbustos. Con mucho sigilo sacó la cabeza para ver qué estaba pasando a su alrededor y vio con horror cómo el halcón atrapaba a la gallinácea que poco antes le había puesto en fuga. Ésta, sumida en su dolor por la pérdida de los polluelos, ni siquiera se había dado cuenta de la presencia del halcón, que en cuestión de segundos acabó con su vida y se remontó con su presa hacia las alturas.

Ya había aprendido otra cosa nueva. Las cosas que tenían movimiento, vida, servían de alimento. Pero también supo que, de momento, sólo debía coger las más pequeñas y huir de las grandes, que podían causarle mucho daño. Así que refrenó su instinto y con cautela salió de su escondrijo. El miedo se le fue pasando.

Todavía tenía deseos de seguir explorando. No se cansaba, al descubrir tantas sorpresas. Y fue así como llegó hasta la orilla del río, descendiendo por un sendero hasta la misma orilla. Como era la primera vez que veía el agua y la encontró tan serena, tan lisa su superficie, intentó caminar por ella. Y, claro, se hundió, aterrorizado; al ver que le faltaba el terreno a sus patas, intentó respirar y el agua penetró en sus pulmones. Como todos los animales, supo, por instinto, que iba a morir y que aquello era lo más doloroso y lo más horrible que podía ocurrirle. Braceó como pudo para salir con grandes esfuerzos del agua, tras unos minutos de angustia, en los que estuvo a punto de ser arrastrado por la corriente y ser arrojado contra las rocas de la orilla opuesta. Todavía no se explicaba cómo había podido salir de aquel peligroso ambiente. Respiró con todas sus fuerzas y se sintió mucho mejor. Ahora sabía que aquel líquido no estaba vivo, no servía de alimento y, sin embargo, se movía y podía hacer mucho daño.

Pero su destino no quiso que acabaran todavía sus desventuras por aquel día, el primero en que se había enfrentado al mundo exterior y que le había enseñado tantas cosas. Se sentía muy cansado de corretear de un lado a otro, haciendo que su cerebro captara todo lo que le rodeaba y eso era para él, poco dado a reflexionar, algo mucho más duro que el cansancio del cuerpo, agotado por tantas aventuras que había vivido por el camino, corriendo verdaderos peligros.

Así que pensó que lo mejor era volver junto a su madre, la loba, a la tranquilidad de la cueva. Ya estaba buscando el camino de regreso entre los árboles, cuando algo muy veloz, como una llamarada, atravesó el bosque y desapareció de su mirada. Fue algo visto y no visto. Pero se quedó tranquilo. Aquella cosa era pequeña, por lo que según las conclusiones a que había llegado poco antes, harto de pensar, aunque aquella cosa se movía, no debía tener miedo, ya que las cosas pequeñas, aunque estén vivas, no hacen daño, se dijo. Y ya iba a seguir su camino, cuando tropezó con algo muy pequeño que se movía a sus pies. Alargó una pata para jugar con el animalillo y en ese mismo instante la cosa que parecía una llamarada de nuevo apareció ante él. Se trataba de una comadreja madre, que en un santiamén le mordió con fuerza en el cuello, agarró a su cría y volvió a desaparecer entre los árboles del bosque. El lobezno gemía de dolor y angustia, sin comprender que aquella cosa tan pequeña hubiera podido hacerle tanto daño. Todavía ignoraba que, de todos los animales del bosque, la comadreja es uno de los más peligrosos asesinos, un verdadero carnicero. Y todavía no se había recuperado del susto, cuando la comadreja volvió a la carga.

Después de dejar a su cría en lugar seguro, ya no tenía tanta prisa y el temible animal se acercó con sigilo al lobezno, el cual pudo fijarse bien en la figura tan desagradable de su enemiga, alargada y repugnante como una serpiente. La comadreja gritó de forma estridente y la perdió de vista. Cuando pensó que se había librado del peligro, el lobezno sintió una nueva dentellada que la comadreja le daba en el cuello. Se le erizaron todos los pelos de terror y empezó a gemir ante el dolor. Intentó defenderse, pero todavía era muy inexperto y su lucha resultaba inofensiva ante el ataque de la comadreja, que cada vez apretaba con más fuerza en el cuello del cachorro, intentando cortarle la yugular, para arrancarle la vida y poder alimentarse con su sangre. Y es muy seguro que lo hubiera conseguido si en aquel mismo instante no hubiera aparecido la loba, que a través de la espesura del bosque había oído los gemidos de su cachorro y acudió en su ayuda, con toda la enorme premura de sus patas, que más que correr parecían volar, deslizándose con sigilo.

Al verla, la comadreja soltó al lobezno y con una rapidez asombrosa se lanzó contra el cuello de la loba. Pero calculó mal las distancias. Como la loba todavía no se había detenido, se movió; la comadreja falló el sitio y mordió el hocico de la loba, sin alcanzarla en el cuello. Ésta la agarró con fuerza entre sus colmillos y la sacudió de un lado a otro arrojándola por los aires. Cuando la loba vio que se estrellaba contra una roca, sabía que la comadreja ya estaba muerta. ¡Con cuánta ternura acarició al cachorrillo, lamiéndole las heridas que le había hecho la comadreja, y el lobezno se apretaba contra el cuerpo de su madre, buscando su protección y su consuelo! Cuando se hubieron calmado, el instinto despertó su hambre. En muy pocos momentos, devoraron el cuerpo de la comadreja, aquella asesina ansiosa de sangre. Después se dirigieron a su cueva y allí encontraron el descanso. De esta forma feliz terminó el lobezno gris su primer día de aventuras en el bosque.

La necesidad de matar

El lobezno gris salía todos los días a recorrer el bosque, ansioso de aventuras nuevas. Aunque no había olvidado los sufrimientos del primer día, la curiosidad podía mucho y cada vez recorría distancias más largas y adquiría más experiencia.

Los primeros días, siempre que se topaba con la ardilla, le lanzaba lo que él creía temibles aullidos, para asustarla. Pero la ardilla no le hacía ningún caso y subía y bajaba, saltaba de un árbol a otro, incansable, con lo que el lobezno cada vez se ponía más rabioso. Y cuando encontraba por su camino algún pájaro carpintero, sus rabietas eran tremendas, al acordarse de los terribles picotazos que el primero que vio en su vida le dio en el hocico, para desgracia suya. Tampoco había podido superar el miedo que le causaba el halcón, y cuando divisaba alguno en el cielo le faltaba tiempo para buscarse un escondrijo.

Pero esto fue sólo los primeros días. El tiempo pasaba y él crecía muy deprisa. A medida que se desarrollaban sus músculos, se sentía cada vez más seguro de sí mismo, más confiado en sus propias fuerzas, y ya procuraba no ir deambulando de un sitio a otro, sin rumbo fijo. Se fijaba en su madre la loba y ya iba aprendiendo a caminar como ella, con agilidad y astucia, a una velocidad mucho más grande de lo que aparentaban sus pasos tan silenciosos y blandos, que apenas rozaban el suelo. Cada vez la admiraba y respetaba más, pues nunca la había visto temblar de miedo ante nada y siempre conseguía algo de caza en sus salidas, reservándole su parte. Claro que la loba siempre le estaba advirtiendo, obligándole a obedecerla, y esto molestaba mucho al cachorrillo, que se creía ya poseedor de toda la sabiduría y experiencia de un viejo lobo, por lo que no soportaba con paciencia las regañinas de la loba y mucho menos que ésta le enseñara los colmillos, amenazadora. Era algo que le sacaba de tino.

También, con el paso de los días, se iba desarrollando en él el instinto de la caza. Notaba el gusto y el placer que le producía acabar con cualquier enemigo que se le enfrentara. Con qué ganas hubiera acabado con aquella parlanchina, que siempre estaba alerta para anunciar su presencia a todos los animales del bosque, trepando con enorme agilidad a los árboles y escapándosele de entre las zarpas. Cómo la odiaba el cachorrillo. Y cómo disfrutaba cuando capturaba alguna pieza con sus propios medios. La caza le excitaba, se sentía fuerte, capaz de valerse por sí solo.

¡Ay!, pero qué poco iban a durar aquellos días felices, llenos de emoción ante el peligro. De nuevo apareció la amenaza del hambre. No duró tanto tiempo como las dos veces anteriores, que habían acabado con los suyos, dejando solos a la loba y su cachorro. Pero sí fueron unos días muy duros, en los que todo su afán se concentraba en encontrar algo con que alimentarse. Cada vez estaban más famélicos. La loba salía de la cueva antes del amanecer y volvía desfallecida y angustiada. Ya no le traía alimentos, ni siquiera podía amamantarlo.

No obstante, aquellos días de prueba no fueron infructuosos para el lobezno. El hambre agudizó sus sentidos, haciéndole cada vez más maduro, más astuto. Aumentó la fortaleza de sus músculos y la seguridad en sí mismo, y ya no volvió a sentir miedo cuando divisaba al halcón volando por las alturas. Por el contrario, le desafiaba a bajar con sus ladridos, seguro de que, si éste se ponía a su alcance, podría obtener una buena comida, que tanto le reclamaba su estómago. Acechaba en silencio las idas y venidas de la ardilla, tratando de atraparla de un zarpazo, pero era tal la movilidad del animal, que siempre se quedaba sin su presa. Y conocía ya muchos trucos para que los roedores salieran de las madrigueras y así poder capturarlos. Las costumbres de los pájaros cada vez le eran más familiares.

Y así fueron pasando aquellos días de escasez, hasta que llegó uno en el que la madre loba apareció otra vez con alimento para él. Le trajo un cachorro de lince, una pieza casi tan grande como él, y con gran satisfacción pudo saciar su apetito después de tantos días de ayuno. Ignoraba el lobezno las consecuencias tan terribles que podría causar aquel acto desesperado de la loba, pues atreverse a devorar las crías del lince era algo suicida. Pero pronto tuvo ocasión de comprobarlo. Después de su espléndida comida, se quedó dormido en el interior de la cueva. Se despertó sobresaltado al oír los extraños aullidos de la loba. Se le erizaron los pelos al verla tan alterada. Su instinto le decía que estaban ante un gran peligro. De pronto, vio a la entrada de la cueva la terrible y temida figura de un lince, rugiendo de forma tan fuerte y dolorosa, que se sintió morir de espanto. Era la hembra del lince, que al descubrir la falta de sus cachorrillos había ido con toda rapidez a vengar la muerte de sus crías, sin dudar ni un momento quién había sido la autora de la matanza. Su actitud era tan fiera, que el lobezno comprendió en seguida lo tremendamente peligroso que era atacar a un animal tan fiero y astuto como es el lince. Aquello se pagaba con la vida y su instinto le hizo reaccionar con mucha valentía.

Lanzó un aullido lo más fuerte que pudo y se puso al lado de su madre para intervenir en la lucha, a pesar de que la loba intentaba apartarlo a zarpazos, para que no recibiera ningún daño. La lucha entre las dos hembras fué larga y muy cruenta. A pesar de la escasa altura de la cueva, el lince intentaba con todas sus fuerzas entrar, atacando con saña a la loba, arañándola una y otra vez, mientras que ésta se defendía y atacaba a su vez con sus afilados colmillos. El lobezno, en un descuido, logró clavar sus colmillos blancos en la pata delantera del lince intentando ayudar a su madre, cubierta de heridas, pero el lince se desprendió en seguida del lobezno y le arañó con tal fuerza en una paletilla, que le dejó al descubierto los huesos. El cachorro aullaba de dolor, lo que excitó aún más a la loba, que atacó con más furia a su enemiga, hasta que consiguió tumbarla en el suelo y allí mismo la remató. La loba quedó totalmente agotada, había perdido mucha sangre y estaba malherida. Casi sin fuerzas, acarició al lobezno y estuvo en el mismo sitio muchas horas, casi inmóvil, respirando con mucha dificultad. Tuvieron que estar unos días en el interior de la cueva, de la que sólo salían para beber agua. El cadáver del lince les sirvió de alimento, mientras se recuperaban. Pronto estuvieron en condiciones de poder salir de caza unas horas, aunque el lobezno todavía cojeaba y se resentía de la tremenda herida que le hizo el lince en la paletilla. Era tan profunda, que estuvo a punto de quedarse cojo.

La encarnizada lucha en la que había tomado parte había transformado por completo al lobezno, que sentía ahora plena confianza en sí mismo. El hecho de haber podido sobrevivir le había convertido en un cachorro audaz, lleno de coraje y valentía. Desafiaba a los animales pequeños sin miedo y ya cazaba muchas veces junto a la loba, aprendiendo de ella con mucha rapidez la forma de atacar y defenderse. Y así fue como supo con claridad, por primera vez, que existía la ley de la vida y que esta ley era la de matar o morir. Su instinto le reveló esta realidad de que tenía que matar para alimentarse y defenderse frente a los restantes animales del bosque. Era una ley muy simple, pero escrita con sangre y que se cumplía a rajatabla entre todos los habitantes del bosque, los cuales formaban como una cadena sin fin y de la que él era un eslabón más. Comprendió por qué él se sintió en la necesidad de comerse los polluelos de la gallina, por qué el halcón atacó a ésta y así una y otra vez.

Claro que también comprendió que, al lado de esta ley tan rígida, en su mundo existían otras reglas que hacían la vida feliz, a pesar del miedo a lo desconocido, que nunca le abandonó a lo largo de su vida.

De esta manera tan cruenta, pero provechosa, terminó aquel corto, pero terrible período de hambre.

TERCERA PARTE

Los hombres: «Colmillo Blanco»

El lobezno gris había recorrido infinidad de veces el camino que llevaba hasta el río y lo conocía a la perfección. Cierta mañana, salió de la cueva soñoliento y se dirigió en aquella dirección, como un sonámbulo, para beber agua. Todavía estaba muy cansado, después de muchas horas dedicado a la caza. De repente, olfateó algo extraño y vio ante él una nueva especie de cosas vivas. Hasta ese momento, el lobezno no había contemplado a estos nuevos animales y se quedó paralizado por el miedo, a pesar de que ellos no le atacaron ni siquiera aullaron al verle, mostrándole los dientes. Estaban sentados tranquilamente a la orilla del río. Era la primera vez que el lobezno gris contemplaba la figura de los hombres y, no obstante, por instinto, ya tenía conocimiento de su existencia.

Aunque de forma vaga, veía en el hombre al animal supremo, al dominador del resto de los animales. Este conocimiento iba grabado en su mente a través de generaciones y generaciones de lobos. Lo mismo que sus antepasados y a lo largo de todos los tiempos siempre igual, reconocía en el hombre, ese extraño animal de dos patas, al dueño y señor de todo lo creado, gracias al poder y la astucia para dominar cuanto le rodea.

Aunque sintió vivos deseos de escapar a todo correr, estaba clavado en el suelo, sin fuerzas para mover las patas. El miedo se había apoderado de él y sentía muy dentro de su ser la misma atracción y el mismo respeto que todos sus antepasados habían sentido por el hombre. Y allí, clavado en el suelo, repitió el mismo acto de sometimiento que hizo el primer lobo que se acercó al primer fuego encendido por la mano del hombre.

Se trataba de un grupo reducido de indios, una especie de avanzadilla. El lobezno vio que uno de ellos se levantó y se dirigió al lugar desde donde él estaba observándoles. De nuevo sintió mucho miedo y volvió a quedarse paralizado. Se le erizaron los pelos y, por instinto, le enseñó los dientes al indio, el cual lo agarró con suavidad y le dijo a los otros indios con una sonrisa:

—Mirad que colmillos más blancos tiene el cachorro.

Este comentario hizo reír a los demás indios, sin que el lobezno comprendiera el motivo. En su interior se estaban enfrentando dos sentimientos muy opuestos y no sabía con seguridad qué hacer, si enfrentarse a los indios y luchar por su libertad o entregarse sumiso a ellos. La verdad es que, forzado por las circunstancias, tuvo que hacer las dos cosas. El indio empezó a juguetear con él y, por instinto, el lobezno le dio un mordisco en la mano. El indio reaccionó muy enfadado, dándole un manotazo en la cabeza, que le hizo dar una voltereta, con lo cual se le quitaron las ganas que tenía de pelear. Muy disgustado por el dolor de la mano, el indio le volvió a golpear y el cachorro, sumiso, se echó a sus pies gimiendo de dolor. Al verlo de esta forma, dolorido por los golpes y acobardado por el miedo, los indios rieron de buena gana, hasta que el lobezno dejó de gemir, notando algo extraño, algo que tampoco pasó inadvertido para los indios. Presentía que su madre, la loba, acudiría, como siempre, en su ayuda. Y no se equivocaba. De entre los matorrales salió la loba con un aspecto feroz, tanto, que daba miedo verla tan furiosa. Aullaba con todas sus fuerzas, con aullidos roncos, llenos de ira. El lobezno la contempló con admiración, pensando que ella lo salvaría de aquel terrible peligro en que se encontraba, pues nunca la había visto sentir miedo de nadie ni de nada y vencería también a aquellos extraños animales. Y corrió con alegría a refugiarse tras su madre.

Al verla tan furiosa, los indios se habían alejado del cachorro, temerosos de su aspecto tan rabioso. De pronto, uno de ellos reaccionó ante aquella situación tan delicada y gritó con voz autoritaria a la loba:

—¡Quieta, Kiche!

Al oír aquella orden, la loba se detuvo en su carrera, agitó la cola y se echó al suelo lanzando gruñidos de reconocimiento. El lobezno se quedó muy desconcertado, sin poder comprender que su madre, siempre tan valiente, que no retrocedía nunca ante ningún peligro, se rindiera así, sin luchar, ante la orden de uno de aquellos hombres, y de nuevo se apoderó de él el terror y se echó al lado de la loba, con los pelos erizados de espanto, al ver que el hombre que había gritado la orden se acercaba a ellos y se puso a acariciar a la loba, pasándole la mano por el lomo, sin que ella protestara ni se revolviera contra el indio. Los otros también se acercaron y comentaban entre ellos:

—Es asombroso, Nutria Gris, cómo este animal se ha sometido a la primera orden que le has dado.

—No tanto, Lengua de Salmón —respondió Nutria Gris—. Esta loba es hija de una perra que mi hermano ató a un árbol cuando estaba en celo. Sin duda es hija de un lobo. Después pasamos un período de hambre y como no teníamos alimentos, Kiche huyó del campamento.

—Ha debido vivir todo este tiempo entre los lobos —dijo el indio al que llamaban Tres Águilas.

—La prueba de ello es este cachorro —repuso Nutria Gris, acariciando al lobezno, que se estremeció al contacto de la mano que poco antes le había golpeado y ahora le pasaba la mano por el lomo, tratando de apaciguarlo, mientras seguía diciendo—: No cabe la menor duda de que es hijo de Kiche y como ella pertenecía a mi hermano; ahora que él ha muerto, la loba me pertenece y también el cachorro. Como tiene unos colmillos muy blancos, le llamaré Colmillo Blanco.

El cachorro, recién bautizado, no dejaba de observar las maniobras de los indios y así vio cómo Nutria Gris cortaba un palo, lo afilaba bien, le hizo un agujero en cada extremo y por cada uno pasó una correa de cuero. Luego ató un extremo del palo al cuello de Kiche, su madre, y el otro a un árbol, para evitar que el animal volviera a escaparse. Colmillo Blanco la siguió y se echó de nuevo junto a ella. Lengua de Salmón agarró al lobezno, lo puso boca arriba y empezó a jugar con él, pasándole la mano por el vientre. Al principio sintió miedo y la loba miraba alarmada, pero al ver que sólo se trataba de un juego, los dos se tranquilizaron. Incluso llegó a sentir que la caricia del indio le resultaba muy agradable, y cuando éste le soltó y pudo ponerse en pie, ya no sentía ningún miedo.

Pasaron unas horas y Colmillo Blanco oyó ruidos extraños que se acercaban. Aparecieron más hombres, y entre ellos las mujeres y los niños de una tribu india con más de cuarenta miembros, todos ellos cargados con los enseres necesarios para su vida nómada. También llevaban muchos perros cargados con bultos atados a sus lomos con cinchas de cuero. Cada uno de estos perros transportaba por lo menos quince kilos de peso.

Colmillo Blanco tampoco había visto hasta entonces ningún perro, pero en seguida los reconoció como animales de su misma o parecida especie. En cuanto éstos descubrieron a la loba y a su cachorro, se lanzaron sobre ellos y tuvieron que defenderse a dentelladas de la jauría que se les vino encima. La loba, atada al palo, aullaba impotente, viendo a su cachorro debajo de aquellos animales furiosos, que atacaban todos a una, aunque el lobezno se defendía muy bien y sus colmillos causaron bastantes heridas en el vientre de sus atacantes y más de uno salió de la refriega cojeando. De todos modos, lo hubieran pasado muy mal si no hubieran intervenido en seguida los indios, que apartaron a los perros a garrotazos, con gran alivio de Colmillo Blanco y más aún de la loba, que cuando vio a su cachorro ponerse en pie, reconoció agradecida la justicia de los hombres y su autoridad para hacerla cumplir.

A Colmillo Blanco le sorprendía y le parecía muy curioso que aquellos animales llamados hombres se sirvieran de los más variados objetos, la mayoría de las veces de piedras y palos, para atacar y defenderse. Se admiraba de cómo en sus manos se convertían en armas muy peligrosas, con las que eran capaces de causar heridas tremendas, mucho más terribles que si lo hicieran a dentelladas y a zarpazos, como el resto de los animales que él conocía. Aquello era algo que escapaba a su capacidad mental. La idea que en su mente se iba formando de los humanos era muy parecida a la que éstos tienen de un dios. En realidad, para Colmillo Blanco, los animales llamados hombres eran verdaderos dioses.

Cuando toda aquella barahúnda se calmó y se fueron los perros, el lobezno pensaba (cosa rara en él) que aquellos animales muy semejantes a él se habían comportado con ellos de una manera muy injusta, pues les habían atacado sin que ellos les provocaran, y se sentía muy molesto y enfadado con los perros.

Y también se sentía muy molesto al ver que su madre seguía atada a aquel árbol, sin poder defenderse, privada de su libertad. Aquellos seres de su misma especie podían volver y acabar con ellos, sin que los animales llamados hombres pudieran hacer nada.

No podía comprender el motivo por el que los hombres habían atado a su madre a aquel árbol. Sentía que su mente estaba muy confusa. Para él, eso de pensar y sacar conclusiones era muy molesto y le resultaba muy difícil. Lo suyo era aceptar las cosas así, tal como eran. Pero había muchas que no lograba comprender, falto de experiencia y de conocimientos como estaba.

Y llevaba una temporada que sólo se encontraba con cosas incomprensibles; desde que salió por primera vez de su cueva y se enfrentó al mundo exterior, todo habían sido sobresaltos y peligros, que gracias a la ayuda de su madre había conseguido vencer y librarse de ellos, aunque saliera mal parada.

Por eso ahora se sentía tan molesto al verla privada de libertad por aquellos seres a los que aceptaba ya como superiores, por su autoridad. Pero en su fuero interno, aquello le parecía muy malo y muy injusto. Su instinto le decía que lo que le estaba pasando era contrario a su naturaleza, que le había hecho nacer libre para corretear por el bosque y buscarse el

sustento diario. Desconocía lo que significaba la palabra esclavitud, pero intuía que ellos habían caído en esa trampa que le habían tendido los animales llamados hombres.

No, todo aquello no le gustaba nada. Y ansiaba volver a corretear como antes por el bosque, en compañía de su madre, sin tener que obedecer a los hombres. Y todo eso se le negaba de momento, pues sólo era un cachorro y todavía no podía prescindir de los cuidados de su madre; de momento no le quedaba más camino que el de la sumisión y la obediencia.

Y todavía se sintió más a disgusto cuando los indios decidieron continuar su marcha, siguiendo las márgenes del río, pues eso suponía alejarse del lugar donde había pasado los primeros tiempos de su vida. Colmillo Blanco caminaba al lado de su madre, a la que conducía un niño que agarraba el palo al que estaba atada Kiche. Era la primera vez que no disfrutaba recorriendo el bosque. Seguía muy confuso y le disgustaba aquel ambiente que le había tocado vivir de improviso, recordando con tristeza sus correrías de viejos días de libertad entre los pinos, que llenaban el aire con su intensa fragancia, antes de caer en la esclavitud de los hombres. Recorrieron un largo camino por lugares que Colmillo Blanco todavía no había pisado nunca, hasta que llegaron al lugar en el que el río se unía al gran padre río Mackenzie. En ese sitio, los indios tenían de un año para otro canoas colgadas en altos postes y todos los utensilios necesarios para poder secar el pescado que recogieran del río y guardarlo para el invierno.

Colmillo Blanco cada día admiraba más la superioridad de los hombres, su destreza para manejar aquellas cosas inanimadas y realizar con ellas tantas maravillas. Contempló asombrado cómo los hombres cubrían aquellos altos postes de pieles y los sujetaban con piedras, fabricando una especie de cuevas para cobijarse. Al principio sentía mucho miedo, pero cuando vio que incluso las mujeres y los niños entraban en ellas y salían sin que les ocurriera nada, se fue tranquilizando. Observó que cuando los perros intentaban entrar en las tiendas, los espantaban, y sintió una gran curiosidad por saber qué ocurriría en el interior de aquellas cosas tan grandes que había allí dentro. Así es que decidió acercarse hasta una de ellas. Se separó de la loba, que de nuevo había sido atada a un poste y no podía ir tras él. Caminaba con mucho sigilo, husmeando el terreno que pisaba. Todo estaba muy tranquilo. Cuando estuvo junto a la tienda se atrevió a morder una de las pieles, y cuando vio que no ocurría nada, tiró con fuerza de la piel y entonces la tienda empezó a tambalearse, amenazando con venirse abajo. Oyó voces dentro de la tienda y se asustó mucho, corriendo a esconderse detrás de la loba. Pero muy pronto volvió a quedar todo en silencio y el lobezno perdió el miedo. Al poco rato, ya sentía de nuevo la curiosidad y volvió a alejarse de su madre, para averiguar cosas nuevas.

Para su desgracia, no tardó en toparse con un cachorro de perro, al que llamaba Bocas, que era un fanfarrón y, como tal, se daba aires de importancia, haciendo creer a los demás cachorros que él era allí el que daba las órdenes. Sin venir a cuento, desafiaba a los demás y como siempre era él el vencedor, pues era el de más edad, los otros cachorros le temían y le guardaban el aire.

Colmillo Blanco, al ver que era casi como él, intentó hacerse su amigo, pero al ver que el cachorro, en lugar de recibirlo con cordialidad, apretaba los dientes y le desafiaba con descaro, no tuvo más remedio que cambiar de parecer y se dispuso a defenderse. Los dos empezaron a dar vueltas, uno alrededor del otro, mirándose con mucha atención, hasta que, de repente, Bocas le dio un fuerte mordisco a Colmillo Blanco en la paletilla, justamente en el sitio donde le hirió el lince. La herida todavía no estaba cicatrizada del todo y el lobezno lanzó un fuerte aullido de dolor y de rabia, lanzándose con rapidez sobre el perro, clavándole los colmillos con toda la fuerza que pudo. Pero Bocas, que estaba muy acostumbrado a aquella clase de peleas, resistió muy bien la embestida y volvió a morderle repetidas veces, hasta que el lobezno no pudo resistir y huyó, avergonzado, a refugiarse detrás de su madre.

A partir de entonces, se convirtieron en enemigos mortales. Su madre le acarició y le lamió las heridas, como advirtiéndole de los peligros que le acechaban si se apartaba de su lado, pero siempre podía en él más la curiosidad y de nuevo se aventuró a husmear por el campamento. Se encontró con el indio al que llamaban Nutria Gris, que estaba muy afanado en sus tareas. Colmillo Blanco le veía hacer, asombrado de su habilidad. El hombre, en cuclillas, frotaba dos palos sobre un puñado de hierbas secas y el lobezno se acercó un poco más a él, casi sin miedo, pues el indio le había mirado como amigo. Nutria Gris debía estar haciendo algo muy importante, pensó el lobezno, y se puso a su lado. De pronto, vio salir de los palitos como una lengua retorcida del mismo color del sol. Colmillo Blanco, que no conocía todavía el fuego, se quedó maravillado. Los indios echaron troncos y pronto se formó una espléndida fogata. El lobezno, lleno de curiosidad, se acercó a una llamita, intentando lamerla, pero se quedó inmóvil, como si aquella cosa le tuviera agarrado por el hocico. En un segundo, retrocedió, lanzando gemidos de dolor, que pusieron furiosa a la loba, impotente para ayudar a su cachorro.

Nutria Gris reía de muy buena gana, palmeándose las piernas. Contó a los demás lo que había pasado y todos rieron al conocer la ignorancia del lobezno, el cual se sintió aún más dolido que por sus quemaduras. Y eso que aquella cosa le había causado la herida más dolorosa que había recibido en el hocico y como también tenía quemada la lengua, no se podía lamer las quemaduras, que cada vez le dolían más. Sus gemidos parecían despertar gran regocijo entre los hombres, haciendo que él se sintiera más y más dolido y rabioso. Avergonzado de su falta de conocimiento y experiencia, corrió como siempre a refugiarse tras Kiche. Su madre no se reía, sino que estaba furiosa por no poder ayudar a su cachorro.

Llegó la noche y Colmillo Blanco no se había apartado del lado de su madre. Observaba con atención la vida del campamento, sus peculiares ruidos, sus olores, y todo ello le llenó de intranquilidad y de rabia. Echaba mucho de menos su libertad, su vida en la cueva junto a su madre y cada vez se maravillaba más del poder de aquellos animales llamados hombres, de su habilidad. Los veía muy por encima de él, dominadores. Eran como dioses, que podían hacerse obedecer hasta de las cosas sin vida y eran capaces de crear aquella cosa del color del sol que le había herido de una forma más feroz que ninguno de los animales que ya conocía. Sí, los hombres, los que eran capaces de dar vida y fuerza a los leños resecos del bosque, creando el fuego, fueron para él desde entonces verdaderos dioses.

Cautividad

Durante los días que Kiche permaneció atada al palo, Colmillo Blanco deambuló por el campamento indio, descubriendo cada vez más cosas sobre la vida de los hombres. A fuerza de observación fue en aumento su sentimiento de que aquellos animales llamados hombres eran seres superiores, dotados de mágicos poderes, verdaderos dioses.

A diferencia de los humanos, que conciben a sus dioses como seres invisibles, a los que no pueden tocar y que la mayoría de las veces son un producto de su fantasía, los lobos y los perros salvajes, desde su más remota generación, cuando por primera vez se acercaron a un fuego encendido por la mano de un hombre, se encontraron con dioses de carne y hueso y no necesitaron hacer ningún esfuerzo para tener fe en su superioridad. Tenían ante sí seres erguidos sobre sus patas traseras, capaces de hacerse obedecer sólo con agitar un palo entre sus manos, pero a los que si se les hiere, sangran como el resto de los animales y su carne es muy buena como alimento. Seres capaces de amar y sentir odio, rabia, deseos de matar, y, a la vez, seres llenos de misterio y capacidad de dominio, de los cuales es muy difícil escapar.

Colmillo Blanco, desde el mismo instante en que vio a su madre, la loba, que era su ídolo, el ser más admirable por su valor y fortaleza, prestar obediencia plena a la primera orden que recibió de un hombre, llamándola por su nombre, aceptó los hechos y siguió su ejemplo. Obedeció sin rechistar, obedeciendo sus mandatos, pues reconocía el poder de los hombres para hacerse obedecer, unas veces con gestos llenos de dulzura, pero las más usando el palo o el látigo, causando dolor. Así que obedecía en el acto, y si le mandaban que se fuera, lo hacía sin perder un segundo, y si lo llamaban, acudía al galope.

Se sentía poseído por los hombres, que podían hacer de él lo que les viniera en gana. Esta lección de la vida la aprendió despacio y de mala gana, pero llegó un momento en el que casi le resultó bueno depender de ellos y apoyarse en su fortaleza, sin tener que valerse por sus propios medios para subsistir en un ambiente tan duro y lleno de peligro. Tardó mucho en convencerse, pues aún estaban vivos en él los recuerdos de la vida libre en el bosque y la paz de la cueva. Sentía muy adentro la lejana llamada de la libertad. Cuando le venían estos recuerdos, se refugiaba al lado de su madre y se lamentaba con ella de su esclavitud y la vida llena de rutina del campamento entre los indios. Le disgustaban muchas cosas de su nueva vida. Sentía mucha pena cuando veía el trato tan malo que recibían los perros más viejos, que incluso pasaban hambre. Ya había llegado a distinguir las distintas clases de hombres y por experiencia sabía que los hombres eran más serenos y justos, pero las mujeres eran más dulces y generosas, y los niños, con sus travesuras, alborotaban demasiado.

Pero lo que peor soportaba en el campamento era la presencia de Bocas, el cachorro que se había convertido en su sombra y era para él una auténtica pesadilla. Como Bocas era más grande que él y conocía mejor la vida del campamento, no podía librarse de sus asechanzas y, en cuanto lo veía solo, le obligaba a pelear, y por mucho empeño que pusiera en utilizar sus colmillos, siempre llevaba las de perder. Lo que más rabia le daba era sentirse la principal diversión de aquel cachorro de perro, tan fanfarrón ante los más débiles que él. Esa rabia le mantenía fuerte y no se doblegaba nunca, por muchas heridas que sufriera. Poco a poco, su carácter se hizo agrio, malhumorado. Su instinto salvaje se agudizó al máximo, el verse privado por Bocas del contacto con los demás cachorros, con los que no podía jugar y corretear, privándole de las distracciones propias de su edad. Cuánto echaba de menos sus juegos con los animalillos del bosque. Ahora se había encerrado en sí mismo y si no hubiera sido por la presencia de su madre, que siempre estaba pendiente de él, su soledad hubiera sido insufrible. Se hizo muy astuto y para poder alimentarse, cuando Bocas le privaba de su ración de carne y pescado, se vio obligado a robar en las chozas, causando la desesperación de las mujeres, que no conseguían atrapar al ladronzuelo, el cual se escurría con gran habilidad.

Colmillo Blanco había aprendido muchos trucos a fuerza de observar y estar pendiente de todo cuanto ocurría en el campamento indio. Y llegó un día en el que pudo valerse de mañas para librarse de la persecución de su incansable enemigo, el Bocas. Su instinto le hizo obrar de la misma forma que su madre lo hacía cuando vivía entre los lobos y conseguía que los perros que arrastraban el trineo de los hombres la siguieran y sirvieran de alimento a sus compañeros. El lobezno consiguió atraerse al Bocas, fingiendo que huía de él, y empezó a dar vueltas entre las tiendas del campamento. El cachorro, cada vez más excitado, seguía al lobezno sin darse cuenta del juego que éste se traía, haciéndole creer que él era mucho más veloz.

Cuando quiso darse cuenta del lugar al que había sido arrastrado, fue muy tarde para retroceder. Colmillo Blanco, con sus engaños, había conseguido llevarle hasta el sitio donde estaba atada su madre. A pesar de estar atada, Kiche alcanzó al cachorro con facilidad y de un zarpazo le puso boca arriba, para que no pudiera huir y, con rabia, la loba le clavó los colmillos repetidas veces. Cuando por fin lo soltó, el Bocas tenía el vientre desgarrado y escapó con torpeza, perseguido esta vez por Colmillo Blanco, que le mordió en una pata. Había perdido todo su orgullo y fanfarronería cuando llegaron a la puerta de la choza de sus dueños, los cuales ahuyentaron al lobezno con piedras y palos, impidiendo que el cachorro acabara muy mal.

Cierto día, Nutria Gris creyó que había llegado el momento de poner en libertad a Kiche, ya que ésta no había intentado en ningún momento huir. Colmillo Blanco se puso lleno de alegría y los dos juntos recorrieron el campamento. Cuando se encontraron con Bocas, era el lobezno el que desafiaba al cachorro, que por temor a la loba se hacía el desentendido, pensando que ya llegaría el momento de vengarse cuando se encontraran a solas.

En uno de sus paseos llegaron hasta el bosque más cercano al campamento indio. El lobezno sintió de nuevo la llamada de la libertad y trató con mimos y juegos atraer a su madre hacia el interior del bosque y escapar hacia su vida anterior, pero la loba no se movía de su sitio. En su interior, también sentía la misma llamada, pero podían más en ella la atracción de la vida entre los hombres y la llamada del fuego, más fuerte que ninguna otra, llamada que ninguna especie animal, a excepción de sus hermanos los perros, había sentido con tanta intensidad como los lobos.

Colmillo Blanco se sintió tan decepcionado y tan triste por la actitud de su madre, que se echó al suelo, gimiendo con mucha pena, lamentándose de su desamparo.

Kiche, dolida por sus lamentos, volvió la cabeza, invitándole para que la acompañara, y como Colmillo Blanco todavía no era nada más que un cachorro, sintió por encima de todas la llamada de la sangre. Se unió a su madre y, lentamente, volvieron al campamento. Los hombres dioses no les dejaban escoger la libertad. Los lamentos de Colmillo Blanco eran como un presentimiento de que algo terrible les iba a suceder. Tal vez si hubiera sabido lo que les esperaba al volver al campamento, la loba lo hubiera pensado mejor y hubiera huido con su cachorro. Pero ya estaban de vuelta y no tenían más remedio que obedecer a sus amos, los dioses.

Nutria Gris, su dueño, se la cedió a Tres Águilas, junto con una piel de oso y unos cartuchos, para pagarle una deuda que tenía con él. Este hecho no hubiera tenido mucha importancia a no ser porque su nuevo dueño tenía que hacer un viaje al Gran Lago de los Esclavos por el río Mackenzie, y Colmillo Blanco, que seguía siendo propiedad de Nutria Gris, tuvo que separarse de su madre antes de lo que ordenan las leyes de la Naturaleza, pues el cachorro todavía no podía valerse por sí mismo y dependía de ella. Al ver que subían a su madre a una canoa de Tres Águilas, el lobezno la siguió, como hacía siempre, como si fuera lo más natural del mundo. Pero él pertenecía a Nutria Gris y el indio lo separó de su madre dejándole en tierra.

Colmillo Blanco, al ver que la canoa se adentraba en la corriente del río, se echó al agua y nadó con desesperación ante la idea terrible de que lo separaran de su madre, sin importarle los gritos de su amo, que le ordenaba volver a tierra, olvidando la ley de obediencia a los dioses. Nutria Gris tuvo que coger su canoa para rescatar al fugitivo. Cuando lo tuvo a su alcance, lo· agarró por las patas y lo sacó del agua. Con la mano libre, le golpeó con fuerza, a un lado y a otro, con gran sorpresa de Colmillo Blanco, que no se explicaba el motivo de estos golpes. Él creía que su deber era estar junto a su madre. Pero al ver que su amo le sacudía como si fuera un conejo, haciéndole oscilar de · un lado a otro, se asustó mucho, pues los golpes cada vez eran más fuertes y le hacían más daño. Y su reacción de animal salvaje nacido libre no se hizo esperar. Apretó los dientes y gruñó con rabia en la misma cara de Nutria Gris, sin temor a la furia de aquel dios tan irritado. Esto hizo que aumentaran los golpes y la ira del indio, hasta tal punto que el lobezno, al sentirse por primera vez entre las manos rabiosas de un hombre, sintió miedo y cedió en su orgullo. Empezó a gemir de dolor. Tantos golpes habían llenado su cuerpecillo de heridas y mataduras, y el miedo se convirtió en terror hacia su amo, que dejó de golpearle y lo arrojó con violencia al fondo de la canoa, que se deslizaba sin rumbo por las aguas del río, hasta que Nutria Gris agarró los remos, intentando enderezarla, pero tropezó otra vez con el lobezno y le dio un puntapié tan fuerte, que reavivó los instintos salvajes de Colmillo Blanco, el cual agarró con todas sus fuerzas la pierna del indio con los dientes.

Nutria Gris, que tenía el remo en la mano, le dio tal golpe, que el lobezno fue a parar al otro lado de la canoa, donde casi se estrella; allí mismo empezó a golpearle otra vez, cada vez con más saña, y el lobezno ya no tuvo fuerzas para morder las piernas de su amo. La paliza había sido brutal y le había hecho comprender con toda claridad que una de las leyes más importantes de la esclavitud y que no debía olvidar nunca es que no se puede, bajo ningún pretexto, morder al dios que era su amo y señor. Este delito es un crimen que nunca le sería perdonado.

Cuando llegaron a tierra, Colmillo Blanco esperó las órdenes de su amo, sin atreverse ni a mover el rabo. Nutria Gris le dio un tremendo puntapié y lo arrojó por el aire, a unos metros de distancia. Bocas, que había estado observando todo con atención, se creyó que estaba en su derecho de poner su grano de arena en aquella paliza y se lanzó sobre él con saña, sabiendo que el lobezno no estaba en condiciones de defenderse. Y hubiera acabado con él si no es porque Nutria Gris le dio a él otro puntapié todavía más fuerte y lo arrojó a mucha distancia del lobezno, el cual, a pesar de lo malherido que estaba, sintió agradecimiento hacia su amo y se arrastró temblando hasta sus pies, quejándose, sin fuerzas, de sus heridas. No supo cómo llegó hasta la entrada de la choza de Nutria Gris, donde se echó al suelo, extenuado.

En la soledad y el silencio de la noche se sintió muy desamparado sin las caricias de su madre, que siempre le consolaba y le curaba sus heridas, y se lamentó con tanta pena que despertó a su amo, el cual volvió a pegarle, hasta que falto de fuerzas sólo pudo gemir en voz baja. Ésta es otra cosa que aprendió: que en presencia de los dioses sólo podía gemir en voz baja. Cuando quisiera lamentarse, tendría que ir hasta el bosque y allí podría aullar tan fuerte como quisiera.

Cuando se fue mejorando de sus heridas, Colmillo Blanco volvió a recorrer el campamento y a observarlo todo con atención. Siempre aprendía nuevas cosas. No se apartaba de él el recuerdo de su madre, pero ya no le era tan doloroso ni tan intenso. Tenía plena confianza en que ella volvería y todo sería como antes. Se imaginaba que su madre estaba de caza y todavía no había vuelto.

Poco a poco aprendió a comprender a Nutria Gris, el cual sólo le exigía una obediencia plena. A cambio, le dejaba vivir tranquilo. Aunque su amo nunca le acariciaba, de cuando en cuando le arrojaba un trozo de carne, y si los perros intentaban quitárselo, lo defendía contra ellos y esto le llenaba de orgullo y respeto por Nutria Gris. Y así se fue anudando entre ellos un fuerte lazo de lealtad y, sin apenas darse cuenta, Colmillo Blanco empezó a sentir apego por su nueva vida.

Cada vez admiraba más la habilidad de su orgulloso amo, su fuerza y su poder, y si no le hubiera atormentado tanto la ausencia de su madre, esperando con ansia su vuelta, y el recuerdo de la vida en libertad que había vivido con ella, se hubiera podido decir con seguridad que en Colmillo Blanco se habían desarrollado las primitivas virtudes de su raza, que impulsaron a sus antepasados a refugiarse al amparo del fuego y la tutela de los hombres. En su mente se había grabado la idea de que ya formaba parte de la vida en el campamento indio y era casi feliz al pensarlo.

El paria solitario

Sin embargo, poco le iban a durar a Colmillo Blanco aquellos días de tranquilidad y felicidad relativas. Su destino quiso que Bocas, el cachorro fanfarrón, que seguía siendo su mortal enemigo, al verle solo, sin la protección de la loba, cada día le acosara más y más, hasta convertirse en su sombra. Salvaje por instinto y por nacimiento, el lobezno se hizo cada vez más feroz, intentando defenderse de los ataques de su enemigo. Los animales, sus semejantes, se habían puesto del lado de Bocas y los cachorros, que le odiaban y le temían por sus continuas tretas, para librarse de sus ataques le ayudaban en la persecución del lobezno, que se volvía más y más salvaje y reconcentrado ante el ambiente cada vez más hostil del campamento, pues los indios tampoco se paraban a pensar el porqué de aquellas continuas peleas con el lobezno y culpaban a éste de todos los incidentes y escándalos que se producían en el campamento. Incluso las indias le perseguían y le arrojaban piedras, cuando les faltaba la carne, gritándole que era un lobo inútil y malo y que acabaría muy mal si seguía portándose tan mal. Nadie se daba cuenta de su soledad y desamparo, por lo que se sentía muchas veces obligado a robar para alimentarse y atacar para defenderse.

Pese a su inexperiencia, pronto notó que se había convertido en el paria solitario del campamento. Obligado por las circunstancias, no tuvo más remedio que agudizar su instinto para poder sobrevivir en aquel ambiente lleno de odio. Y así aprendió los trucos necesarios para defenderse cuando le atacaban los perros o él se veía obligado a atacar.

Supo que lo más importante en una pelea es saber mantenerse siempre en pie, aunque algunas veces tuviera que ceder terreno, cuando sus atacantes fueran muchos. Llegó a adquirir tal habilidad que siempre caía en pie, nunca cedían sus patas, aunque sus enemigos fueran perros adultos y con su peso lo lanzaran por el aire.

Otra cosa muy importante que aprendió es que tenía que ser muy veloz y no perder el tiempo en enseñar los dientes, dar vueltas, erizar los pelos y otros rituales que siempre practican los perros antes de iniciar una pelea. Él, sin mostrar nunca sus intenciones, atacaba antes de que sus enemigos se dieran cuenta y huía a toda velocidad después de causar los mayores destrozos posibles entre sus perseguidores. Sabía que la sorpresa era su mejor aliada cuando se proponía derribar a alguno de los cachorros y también que, una vez en el suelo, cualquier animal se descubre ante su atacante, que con facilidad puede morderle en el cuello y arrancarle la vida, al seccionar la yugular.

Lo peor para Colmillo Blanco era que muy rara vez le atacaba un solo enemigo. En cuanto se iniciaba una pelea, todos los cachorros del campamento se le echaban encima. Por esto, cuando encontraba un cachorro solo, procuraba cogerlo por sorpresa, derribarlo y morderle en el cuello. Y eran muchos los perros jóvenes que llevaban las señales del lobezno en el cuello, que, por ser todavía muy joven, no tenía la fuerza suficiente en los colmillos para que su mordedura fuera mortal. Sólo una vez lo consiguió. Había ido hasta el límite del campamento con el bosque como tenía por costumbre y encontró allí a uno de sus enemigos. Repitió su ataque numerosas veces y consiguió acabar con la vida del animal. A los pocos momentos, ya lo sabía todo el mundo en el campamento y todos exigían a Nutria Gris que castigara al lobezno, el cual se había refugiado en la choza de sus amos, pero éste no consintió que le hicieran ningún daño al lobezno, al ver el odio que todos, hombres y perros, le demostraban. Nutria Gris sabía defender sus pertenencias y, además, sentía afecto por el cachorro, aunque nunca se lo demostrara abiertamente.

Fue ésta una etapa muy mala para Colmillo Blanco. Nunca se sentía seguro, pues siempre había algún enemigo al acecho para hincarle los dientes o una mano dispuesta a darle una paliza. Vivió siempre alerta, dispuesto en cada momento a defenderse o atacar velozmente, gruñendo amenazadoramente, cosa que hacía con más destreza que ningún otro animal del campamento y que en muchas ocasiones le había librado de cruentas peleas, pues sus enemigos, al verle con el pelo erizado, la nariz agitada, echando chispas por los ojos y sacando la lengua una y otra vez, dejando los colmillos al descubierto y gruñendo de aquella manera ronca y feroz, se lo habían pensado antes de atacarlo. Se había convertido en el terror de todos los cachorros, los cuales no se atrevían a deambular solos por el campamento temiendo sus ataques en solitario, lo que significaba la mayoría de las veces la muerte o por lo menos un buen susto.

De este modo, como si se hubiera establecido un acuerdo, los cachorros sólo le atacaban cuando estaban agrupados, y Colmillo Blanco acechaba para sorprenderles solos. Pero cuando le perseguían, se salvaba gracias a la resistencia y velocidad de sus patas. Y había aprendido un truco para librarse de sus perseguidores más cercanos. Con una velocidad de vértigo se volvía y atacaba al cachorro que tenía más cercano, desgarrándole el vientre, antes de que le alcanzara el resto del grupo de atacantes. Esto demostraba la astucia que se iba desarrollando en él, que nunca se descuidaba ni se olvidaba de tomar precauciones. Pese a las heridas que sufrían, los cachorros se divertían tratando de dar caza a Colmillo Blanco, juego que para él no tenía nada de divertido y en el que ponía toda su habilidad y destreza para no ser alcanzado nunca.

Y así, perseguido por los perros y odiado por los hombres, Colmillo Blanco esperaba con ansia el regreso de su madre. Esta forma de vida aceleró su desarrollo y cada vez su carácter era más agrio y retraído. No le habían dado motivos para conocer otros sentimientos, siempre perseguido o persiguiendo. Sólo conocía la ley de la fuerza, desarrollándose en él los movimientos de su cuerpo, la agilidad y rapidez al correr para defenderse o atacar. Se había convertido en un lobezno con una destreza fuera de lo normal y una inteligencia superior a la media de su especie. Su ley era obedecer al más fuerte y aniquilar a los más débiles.

De no haber adquirido todas estas cualidades que le endurecieron hasta el punto que desconocía lo que era la bondad o el amor de sus semejantes, de ninguna manera hubiera podido sobrevivir en aquel ambiente de adversidad.

Cuando vinieron los primeros fríos, a finales del año, y los días cada vez eran más cortos, los indios, como todas las temporadas, decidieron que había llegado el momento de abandonar el campamento de verano y emigrar a otras tierras donde abundara la caza. Colmillo Blanco lo observaba todo con la curiosidad de siempre, viendo cómo desmontaban los vivacs y cargaban sus enseres en las canoas.

Este ir y venir por el campamento duró varios días. Cuando vio que algunas canoas desaparecían río abajo, el lobezno comprendió lo que estaba pasando y decidió que él no se marcharía de allí, que huiría al bosque y recobraría la libertad. Procuró adentrarse en la espesura, sin dejar huellas, cosa en la que ya se había convertido en un experto, cuando trataba de despistar a los cachorros que le perseguían. Sólo se detuvo un rato para descansar y dormir, sin hacer caso de las voces de Nutria Gris y su familia, que andaban buscándolo por los alrededores, antes de partir. Sintió miedo de que le encontraran y se escondió lo mejor que supo. Pero pronto dejó de oír las voces y salió de su escondite, ansioso por recobrar la libertad tan añorada. Sin embargo, cuando se encontró solo, en medio de tanto silencio, ya no estaba tan seguro de desear volver a su antigua vida. Hacía mucho frío y se sintió desamparado, en medio de tantos árboles, sin saber qué hacer. Durante el tiempo que había vivido entre los hombres se había olvidado de que tenía que procurarse sus propios alimentos y preocuparse de satisfacer sus necesidades por sí mismo. Tembló de miedo ante su propia debilidad. Ahora sí que se sentía realmente solo y recordó con ansiedad el fuego del campamento, las voces de los indios, los ladridos de los perros, la comida… Sentía hambre y no encontraba qué comer. Y deseó ardientemente encontrarse entre los indios, lejos de aquel silencio y aquellas sombras que le producían terror, presintiendo que mil peligros le rodeaban. Echó a correr en dirección del campamento, pero cuando llegó a él todos se habían marchado. Se arrastró hacia el lugar donde había estado la cabaña de Nutria Gris y se echó al suelo, gimiendo en medio de su soledad. Cuánto hubiera deseado encontrárselo todo como estaba antes de fugarse. No le hubiera importado en aquellos momentos que le hubieran recibido arrojándole piedras, como en otras ocasiones, o que el Bocas y los demás cachorros se arrojaran sobre él. Todo, menos aquella terrible soledad en medio de la noche helada. Y aulló como nunca hasta ese momento lo había hecho, expresando su miedo, su amor por la madre perdida, por todos los sufrimientos que había padecido, con un aullido ronco, prolongado, que le salía de lo más profundo de su ser.

Al amanecer se calmó un poco, pero seguía sintiendo una gran opresión en todo su ser al contemplar aquella tierra inmensa y solitaria, sin saber qué camino seguir para encontrar de nuevo a sus amos. Su instinto le guió por la orilla del río. Y empezó a correr sin descanso, como sólo pueden hacerlo los lobos, cuyos músculos elásticos y resistentes no conocen la fatiga, y si le venía el cansancio, aumentaba la velocidad de su marcha, con una única obsesión: encontrarse otra vez junto a sus amos, los dioses hombres. Y así venció múltiples obstáculos, con peligro de su vida, recorriendo la misma orilla del río Mackenzie en la que habían estado acampados los indios, sin que se le ocurriera la posibilidad de que éstos hubieran atravesado el río y estuvieran acampados en la orilla opuesta. Era demasiado joven e inexperto y había viajado tan poco, que desconocía las costumbres de los hombres y ni siquiera le pasó por la mente que éstos hubieran cambiado de dirección.

Corrió noche y día, sin descanso, sin que nada lograra detenerle. Las fuerzas empezaban a fallarle, pero su mente le impulsaba a seguir, aunque iba cubierto de heridas y de barro, y había empezado a caer una intensa nevada, que le ocultaba el horizonte, haciendo que su camino fuera cada vez más peligroso. Así le sorprendió la noche, en medio de la nevada, que se hacía por momentos más intensa y ya empezaba a cuajarse en algunos tramos, haciendo el terreno muy resbaladizo. Ni siquiera tenía fuerzas para aullar, cuando de repente descubrió unas huellas recientes en la nieve. Y pronto, gracias a su buena suerte, las huellas le llevaron hasta el campamento de sus amos. Cuando contempló el fuego y a Klu-kuh cocinando, creyó enloquecer de alegría. De nuevo estaba con los suyos y podría saciar su terrible apetito, pues allí olía a comida. En seguida vio a Nutria Gris en cuclillas, su postura favorita, junto al fuego, comiéndose un trozo de carne fresca, casi cruda.

Esta vez sí le había salvado su buena fortuna, pues Nutria Gris y su familia ya tenían que haber estado con los suyos en la otra orilla del río. Pero, debido a la tormenta de nieve, Mit-sah, el hijo de Nutria Gris, había perdido el rumbo y se habían visto obligados a desviarse y a acampar en la espesura, poco antes de que llegara la noche, cosa que había retrasado su marcha. Gracias a que Klu-kuh, la mujer de Nutria Gris, había visto junto al río, bebiendo agua, un reno y a que Nutria Gris, que era un diestro cazador, había conseguido derribarlo con facilidad, tenían ahora alimentos en abundancia. Gracias a aquella cadena de acontecimientos fortuitos, Colmillo Blanco estaba entre los suyos. De lo contrario, hubiera perecido por el camino, de hambre y de frío. O, en el mejor de los casos, se hubiera encontrado una manada de lobos y hubiera acabado sus días entre ellos, pues nunca se le hubiera ocurrido la idea de cruzar el río.

Lo cierto es que estaba allí, con sus amos, junto al fuego, y aunque esperaba una buena paliza por haberse escapado, eso no le importaba si tenía la compañía de los suyos y el calor del fuego. Extenuado y hambriento, fue a echarse a los pies de Nutria Gris, el cual, cuando lo vio humillado y obediente, en lugar de golpearle, cortó un pedazo de la carne que se estaba comiendo y se la arrojó, cuidando de que los perros no se la arrebataran. Colmillo Blanco llevaba muchas horas sin probar bocado y miró agradecido a su amo. Saciada el hambre y al calorcillo del fuego, se fue quedando dormido, mientras pensaba que nunca más recorrería aquellas tierras inmensas en solitario. Voluntariamente se había entregado al dominio de los hombres y, aunque temía los golpes y las asechanzas de sus enemigos, los perros, siempre obedecería las órdenes de su dueño, Nutria Gris, que le había acogido entre los suyos dándole calor y alimento.

La astucia de Mit-sah

Nutria Gris decidió emprender un largo viaje de cacería por las tierras situadas aguas arriba del río Mackenzie, cuando ya era pleno invierno y el suelo estaba cubierto de una recia capa de nieve cristalina. Incluso las aguas de los ríos estaban ya heladas. Le acompañaban su esposa, Klu-kuh, y su hijo, Mit-sah. Llevaban dos trineos y un buen número de perros. Él dirigía el trineo más grande, arrastrado por perros, y su hijo el otro, mucho más pequeño, arrastrado por los cachorros. De este modo, Mit-sah aprendería a manejar un trineo y dirigir a los perros, cosa de la que se sentía muy orgulloso, como les ocurre a todos los jóvenes cuando se les encomienda su primer trabajo de responsabilidad. Y la verdad es que lo hacía con mucha eficacia.

Pese a su reducido tamaño, el trineo transportaba una carga de unos cien kilos de peso, entre utensilios domésticos y víveres. Lo arrastraban siete cachorros, los cuales iban atados al mismo por una correa de cuero que pendía de un arnés que atravesaba el pecho y el lomo de cada cachorro. Las correas eran de diferentes tamaños. Su longitud dependía de la del perro a la que iba atado. El trineo carecía de rieles, su superficie inferior era completamente lisa, algo curvada por la parte delantera, para que no se atascara en la nieve. La carga se repartía por igual en todo el trineo y los perros iban atados de forma que avanzaban en abanico. Todas estas tácticas estaban dirigidas a facilitar el deslizamiento del trineo por la superficie nevada y aumentar la velocidad.

Si la longitud en las correas de los perros hubiera sido la misma, éstos se hubieran echado unos encima de otros. De la otra forma, los perros que marchaban detrás jamás conseguían alcanzar a los delanteros. Dada la tendencia de los perros a perseguir todo lo que corre por delante, los indios habían aprovechado esta circunstancia para sacar más provecho de sus animales. Los perros delanteros procuraban tirar con todas sus fuerzas para que los que llevaban detrás no les alcanzaran, y éstos, a su vez, redoblaban su velocidad, intentando alcanzarlos. Una artimaña muy astuta de los conductores de trineos.

Mit-sah había heredado de su padre, Nutria Gris, su gran habilidad y astucia, y aprendía con rapidez todo lo que éste le enseñaba, para poder sobrevivir en las duras tierras boreales. Ya hacía tiempo que venía observando la persecución que el cachorro Bocas le hacía padecer a Colmillo Blanco, su lobezno, y sentía gran antipatía por él, pero como pertenecía a otro indio, no había podido hacer gran cosa por ayudar al desventurado lobezno, que por su culpa se había visto despreciado y perseguido por todos en el campamento. Pero al planear el viaje, Nutria Gris había adquirido algunos perros y entre ellos estaba Bocas. Mit-sah pensó que había llegado la hora de vengar a Colmillo Blanco de su enemigo, Bocas, ahora que éste les pertenecía y su padre le había puesto al mando de los cachorros. Y para conseguirlo, utilizó toda su astucia.

Lo primero que hizo fue engañar a Bocas, haciéndole creer que le consideraba el cachorro más capacitado para dirigir a los demás y le colocó la correa más larga. Esto agradó mucho a Bocas, que seguía siendo un pendenciero fanfarrón.

Le cegó el orgullo y no se dio cuenta que con esto lo que hacía su joven amo era que aumentara el odio que ya le tenían los otros cachorros, que en cuanto se puso en marcha el trineo y le vieron correr a la cabeza, creyendo que huía de ellos, sintieron la necesidad de perseguirle con todas sus fuerzas. Bocas empezó a sentir miedo de que le alcanzaran por detrás y en varias ocasiones intentó volverse para enfrentarse a los cachorros, pero siempre estaba listo el largo látigo de Mit-sah, que, golpeándole en el hocico, le obligaba a seguir su carrera a toda velocidad, para evitar que le alcanzaran.

En segundo lugar, para aumentar todavía más el odio de los cachorros hacia Bocas, procuraba darle delante de todos los más grandes y mejores trozos de carne y pescado, que él devoraba con deleite, provocando su envidia y poniéndolos al borde de la locura, llenos de rabia hacia él.

De esta forma tan astuta, Mit-sah consiguió que Bocas se convirtiera de perseguidor en perseguido, sufriendo las mismas desventuras que había hecho padecer a Colmillo Blanco, teniendo que estar siempre alerta y buscando el amparo de sus dueños, pues ahora estaban contra él los colmillos de todos los perros, deseando venganza. Se había quedado solo.

Al mismo tiempo Colmillo Blanco, por primera vez en su vida, entró a formar parte del grupo de cachorros que arrastraban un trineo. No se resistió cuando le colocaron al cuello el collar atado por dos correas al arnés que le unía al trineo. Aceptó de buen grado su nuevo trabajo. Cuando voluntariamente volvió a buscar a sus amos y se entregó a Nutria Gris, lo hizo a conciencia de que tendría que obedecerle ciegamente, respetando en todo su voluntad. Por lo demás, su carácter malhumorado no había variado lo más mínimo, sino todo lo contrario, cada vez se mantenía más retraído y alejado de todos. Seguía al pie de la letra su ley de obedecer al más fuerte y aniquilar al más débil.

Sus relaciones con el resto de los animales eran siempre belicosas, limitándose a las peleas, obligándoles siempre a obedecerle y a tenerle el máximo respeto. Era el más diestro y el más rápido, por lo que todos le temían y se apartaban de su camino, pues conocían de sobra su ferocidad en la lucha, de la que siempre salía vencedor. Lo único que le interesaba de sus semejantes los perros era que le reconocieran su superioridad, que era el mejor, y que le dejaran solo. No le interesaba lo que hicieran entre ellos, siempre que a él le dejaran al margen. Desgraciado de aquel que se atreviera, en su presencia, a hacer el más insignificante signo de violencia. Se lanzaba sobre él con audacia y sin misericordia le desgarraba las carnes, antes de que el desgraciado se hubiera dado cuenta de nada. Tan rápido era en sus ataques, que sus peleas terminaban antes de empezar.

Pero de la misma forma que oprimía a los más débiles que él, comportándose de forma tiránica, cruel hasta la ferocidad, respetaba a los más fuertes que él, reconociendo su superioridad. Obedecía en todo a su amo, Nutria Gris, pero no le amaba, porque a pesar de ser un dios, era salvaje y brutal. Imponía siempre su voluntad por la fuerza, a golpes y latigazos, causando dolor, sin premiar nunca a nadie. Su único premio era dejar de castigar.

Éste era el resultado de un duro aprendizaje en su corta pero intensa vida. Desde los primeros días de su existencia, junto a su madre, la loba Kiche, había padecido todas las calamidades imaginables y los más serios peligros para sobrevivir en un ambiente salvaje y despiadado. Había conocido el hambre más rabiosa, las persecuciones más implacables, los más terribles malos tratos. Todo esto le había hecho concebir el mundo como algo horrible, brutal. Aparte de su madre, Kiche, nadie le había dado nunca muestras de afecto ni dulzura, y hasta de ella fue separado sin piedad, recibiendo la más terrible paliza que recordaba.

A partir de entonces, todo en su vida fue dolor, miseria, lucha constante para sobrevivir o sucumbir. No conocía la dicha de la bondad, del afecto, de la amistad ni la alegría de los juegos con los demás cachorros de su edad. Por eso se había ido agriando cada vez más su carácter, convirtiéndose en un cachorro solitario, cruel, salvaje, implacable, mucho más maduro que los cachorros de su edad. En lugar de desear las caricias de la mano humana, sólo sentía miedo, terror, pues no había recibido de ella nada más que golpes y dolor.

Pasó el tiempo y continuaba el viaje de Nutria Gris y los suyos por las tierras del Norte. Junto a su amo, Colmillo Blanco visitó algunos campamentos indios de las orillas del Gran Lago de los Esclavos y, gracias a su curiosidad por todo, aprendió muchas cosas, nuevas costumbres y supo que existían otras dos leyes muy importantes en sus relaciones con los dioses hombres. Como siempre, las descubrió a fuerza de dolor y de correr peligro. Supo que en el trato con el mundo existían lo que él llamó los suyos y luego estaban los otros, los extraños. Y también aprendió que debía defender a los suyos y sus propiedades, frente a la rapiña de los otros.

Cuando llegaban a un campamento indio, era costumbre en los perros deambular por ellos, buscando comida. La ley decía que la comida que estaba tirada en el suelo era para el perro que la encontrara. Cierto día que llegaron de visita a un campamento, Colmillo Blanco, siguiendo la costumbre ya establecida, se dedicó a vagar por él y tropezó en su camino con un joven indio que estaba troceando carne de reno congelada. Algunos trozos saltaban al suelo y el lobezno, como lo más natural del mundo, empezó a comérselos. Se quedó muy sorprendido cuando vio al joven agarrar un palo y dirigirse hacia él para golpearle. Intentó alejarse, pero como no conocía el terreno, se encontró acorralado, sin poder escapar, y el joven cada vez estaba más cerca. Como le ocurría siempre que se veía amenazado, sin pensarlo, se lanzó al ataque y le arrancó el palo al indio en un santiamén, sin apenas darse cuenta de lo que le había pasado. Lo malo del percance es que le había mordido la mano al joven, faltando a la ley tan importante de que la carne de los dioses hombres bajo ningún pretexto debe ser desgarrada por un perro. Comprendió que recibiría un fuerte castigo, a pesar de que en su fuero interno sabía que no había cometido falta y que la justicia estaba de su parte. Corrió a refugiarse entre los suyos, los cuales, ante su sorpresa, le defendieron de los familiares del joven, que pedían venganza. Nutria Gris se interpuso entre los vengadores y el lobezno, demostrando que éste era uno de los suyos, que no había hecho nada más que defenderse de un ataque injusto, como ordenan las leyes; que el perro tiene derecho a defenderse con sus colmillos de todo peligro, contra los otros que no eran sus amos.

Al poco rato, siguio a su joven amo, Mit-sah, hasta el bosque. Iba a cortar leña para el fuego. Tuvieron la mala fortuna de tropezar con el mismo joven a quien Colmillo Blanco había herido poco antes, el cual iba acompañado por un grupo de amigos. Al verlos, los chicos empezaron a insultarse y se lanzaron sobre Mit-sah. Al ver a su amo en peligro, Colmillo Blanco se olvidó de todas las leyes y con su rapidez característica puso en fuga a los atacantes, los cuales salieron bastante malparados de entre los colmillos del lobezno. Cuando Mit-sah le contó a Nutria Gris todo lo ocurrido, ordenó que se alimentara bien a Colmillo Blanco. Y éste comprendió al instante que la ley de defender a los suyos se había cumplido.

Colmillo Blanco también aprendió muy pronto a distinguir lo que era propiedad de los suyos. Como siempre estaba solitario, observándolo todo, era un magnífico vigilante, que atacaba sin sembrar la alarma, ya que atacaba por sorpresa, sin aullar. Nutria Gris, que conocía bien al cachorro, apreciaba estas cualidades suyas y le educaba, para que cada vez fuera más habilidoso. Así Colmillo Blanco se convirtió en el más fiel defensor de la propiedad de su amo, ahuyentando a los dioses ladrones, los cuales, por otra parte, le demostraron que eran cobardes y huían al menor peligro que advirtieran.

Con el paso del tiempo, el lazo que unía a Nutria Gris y a Colmillo Blanco se fue estrechando cada vez más. Este lazo estaba basado en la ley de la naturaleza, que establecía un pacto entre hombre y perro. Entre ellos no exístia el cariño, sino una especie de contrato muy simple que consiste en que el perro entregaba su libertad a un dios hombre de carne y hueso, defendía su propiedad y a los suyos y le obedecía ciegamente. A cambio, el perro recibe de su dueño comida, protección contra los otros, el calor del fuego y la compañía. La obediencia y la fidelidad a su dueño habían de ser absolutas y estar por encima de cualesquiera otros sentimientos, como la libertad o el amor y la llamada de su sangre.

Final del viaje

Al llegar la primavera, Nutria Gris dio por terminado su largo viaje por las tierras altas y regresó con los suyos al viejo campamento. Colmillo Blanco acababa de cumplir un año y su cuerpo se había transformado bastante, haciéndose más estilizado y de más longitud. Había heredado de su padre, el viejo lobo el Tuerto, el característico color gris de los lobos y de su madre, Kiche, el carácter indomable y batallador. No le había abandonado su vieja costumbre de curiosearlo todo, y en cuanto le soltaron del trineo se dedicó a vagabundear por el campamento, husmeando aquí y allá, recordando a los dioses hombres y a los perros de la temporada anterior, a los que encontró muy cambiados y ya no le parecieron tan impresionantes como antes. También encontró nuevos cachorros. Colmillo volvía con más seguridad en sí mismo y ya no temía mezclarse con los perros adultos. Había crecido y ya no les tenía miedo. Es más, éstos le aceptaban sin apartarlo al ver su impresionante aspecto, su aguda y grave mirada, audaz y atrevido a la vez, dando por sentado que él era un cachorro superior a los otros y todos debían respetarle.

Su nueva manera de pensar, su atrevimiento, pronto le llevaron a su primera pelea seria en el campamento desde su llegada.

Era la costumbre de los campamentos indios que los cachorros de perro estaban obligados a apartarse del camino de los perros adultos, incluso a entregarles su comida si éstos la reclamaban; de lo contrario, su pena era recibir un severo castigo de los mayores. Al poco tiempo de llegar al campamento, Colmillo Blanco había acompañado a unos cazadores, los cuales capturaron un gran reno y en cuanto lo tuvieron dispuesto procedieron al reparto de la carne. En recompensa, a Colmillo Blanco le dieron una de las pezuñas, con bastante carne. El lobezno agarró su parte y como tenía por costumbre se retiró a un apartado lugar, lejos del jolgorio que formaban los demás animales. De pronto, oyó unas pisadas y se puso al acecho, olfateando el peligro. En efecto, pronto apareció ante él Baseek, un perro gris de gran tamaño al que él había admirado mucho y del que había aprendido bastante, cuando en otros tiempos sólo era un cachorro perseguido por todos. Muchas veces había tenido que humillarse a su paso, reconociendo su debilidad ante aquel enorme ejemplar de perro. Pero ahora todo había cambiado. Baseek se hacía viejo y ya no se ponía tan fuerte con los cachorros. Le faltaban energías y seguridad. En cambio, él se sentía fuerte y poderoso.

Cuando Baseek intentó hacer valer su derecho de perro adulto y arrebatarle la comida, reaccionó con la rapidez de costumbre y le atacó de improviso, destrozándole una oreja de un tremendo mordisco. El viejo perro le miró asombrado, pues no esperaba aquel ataque, sino que el cachorro se apartara y le cediera su trozo de carne, según mandaba la costumbre, y por unos momentos estuvo clavado al suelo, pero su sabiduría y su experiencia pronto se pusieron de manifiesto para intimidar al insolente y atrevido cachorro. Se sabía viejo y cansado, por eso no se lanzó con toda la furia de que era capaz sobre Colmillo Blanco. Se irguió sobre sus patas, apretó los colmillos y le lanzó tremendas miradas. Su aspecto era tan terrible, que Colmillo Blanco empezó a sentir su viejo miedo de otros tiempos. Y Baseek hubiera conseguido hacerle huir y arrebatarle el trozo de carne si no se hubiera precipitado, dejándose llevar por la gula. Cuando vio que el cachorro se quedaba quieto, atemorizado, se inclinó para devorar la carne. En ese momento, Colmillo Blanco reaccionó violentamente, recordando que pocos días antes era él el que imponía la fuerza entre sus compañeros y ahora no podía tolerar que un viejo perro le dejara sin comer.

Se lanzó con tal rapidez sobre Baseek, que éste perdió el equilibrio y cayó al suelo, sintiendo cómo se clavaban los colmillos del cachorro en sus carnes con tremenda fuerza una y otra vez. Intentó hacer frente a Colmillo Blanco y salir de la lucha con dignidad, pero la rapidez con que atacaba su enemigo le impedía respirar. No supo cómo pudo librarse de sus garras, pero en cuanto lo consiguió, fingió lanzar una mirada despectiva al cachorro y al hueso y volvió con aparente tranquilidad sobre sus pasos. La verdad es que iba malherido y con todo su orgullo perdido. En cuanto se encontró a solas, gimió con amargura, sintiéndose débil y viejo, mientras se lamía las heridas.

En cambio, Colmillo Blanco comprendió que desde ese momento sus relaciones con los demás perros serían muy diferentes. Los adultos, extrañados de su insólito comportamiento en un cachorro, lo aceptaban con respeto, como a un igual. Ya no se escurría entre ellos con miedo, sino que se comportaba con seguridad, aunque sin arrogancia. A Colmillo Blanco no le gustaba buscar pelea, pero tampoco toleraba que nadie le plantara cara. Seguía exigiendo a los de su raza que reconocieran su poder, sin despreciarle como a un cachorro insignificante. Por lo demás, se sentía muy a gusto a solas. Su carácter se hacía cada vez más retraído y los demás perros, después de tener algunas refriegas con él, de las que salieron muy mal parados, aceptaron de muy buena gana ese deseo suyo de que le dejaran solo y en paz.

Con el transcurso del tiempo, Colmillo Blanco había aprendido a valerse por sí mismo en su nueva vida. El largo viaje que había hecho con Nutria Gris y los suyos le había transformado por completo. El recuerdo de su madre, al principio insufrible, se había ido borrando, hasta convertirse en una imagen muy imprecisa. Un día de verano, de vuelta de una cacería con los indios, el lobezno gris descubrió un nuevo vivac en el campamento y allí acudió, según su costumbre de curiosear y husmearlo todo. Se encontró frente a frente con Kiche y los dos se miraron. Cuando la loba levantó el labio superior, mostrándole los dientes, Colmillo Blanco pensó que ese gesto le era muy familiar y, en seguida, recordó con toda claridad la imagen de su madre. En pocos segundos, pasaron por su mente todos los acontecimientos vividos junto a ella, hasta el día que los separaron con crueldad. Ella había sido su ídolo, a la que admiraba por su valor y su fortaleza. Loco de alegría corrió hacia su madre, pero Kiche no le había reconocido y le recibió con hostilidad. Era normal en las lobas este hecho. De un año para otro no reconocían a sus cachorros. Kiche cuidaba ahora de otra camada y recelaba de Colmillo Blanco, tomándole por un extraño que podía hacer daño a sus cachorrillos, y cuando éste intentó olfatearlos, Kiche se lanzó sobre él y le clavó los dientes. Entonces Colmillo Blanco se separó de sus medio hermanos y retrocedió, no por miedo, sino por respeto a la loba. Entre los de su raza, los machos nunca luchaban contra las hembras. Esto era un hecho que conocía por instinto, lo mismo que sabía que lo desconocido era temible o que la muerte es mala. Desde ese momento procuró borrar de su mente todos los recuerdos de otros tiempos. Tanto su madre como él tenían nuevas vidas y muy distintas, por cierto.

Con el paso del tiempo, Colmillo Blanco se había transformado en un magnífico ejemplar de perro. Aunque tres cuartas partes de su sangre eran de lobo, su forma de vida entre los hombres le hacía parecerse más a un perro. En cuanto a su carácter, seguía siendo el mismo animal solitario y retraído, pero cada vez más terrible con los demás animales. Nutria Gris estaba cada vez más orgulloso de él, de su dignidad y fidelidad.

Sin embargo, a pesar de su tremenda fortaleza física y mental, Colmillo Blanco tenía un punto débil en su carácter, una debilidad un tanto ridícula. No soportaba que los dioses hombres se rieran de él. Perdía el control de sí mismo hasta tal punto que se transformaba en un monstruo de terrible ferocidad, y como no podía atacar a los hombres, según la ley establecida, desahogaba su furia en los animales, se desquitaba con ellos de manera tan despiadada y cruel, que en esos momentos todos procuraban mantenerse alejados del alcance de sus colmillos. Esta debilidad era fruto de su tremendo orgullo. Colmillo Blanco era, ante todo, un lobo digno y orgulloso, como su madre Kiche.

Al cumplir los tres años, Colmillo Blanco hubo de soportar de nuevo el hambre y la miseria. Aquellas regiones del Mackenzie donde estaba su campamento, se volvieron desoladas y míseras. Los dioses hombres no conseguían pescar nada en la época cálida y en invierno desapareció la caza. El hambre les llevó a extremos tales de miseria y desesperación que llegaron a alimentarse con el cuero de sus enseres. Llegó un tiempo en el que los perros se devoraban unos a otros. Incluso los hombres comieron su carne. Los animales más atrevidos huyeron del campamento, que se había convertido en un lugar horrendo, y se internaron en el bosque, donde la mayoría perecieron de hambre o devorados por los lobos. Colmillo Blanco fue uno de ellos. Gracias a que había nacido en aquellos parajes, conocía mil trucos para alimentarse, aunque sólo fuera de pequeñas sabandijas. Sus primeras experiencias, cuando era sólo un cachorrillo y vivía solo con su madre, le fueron muy valiosas. Ya entonces aprendió las costumbres de los pájaros, los trucos para hacer salir a los roedores de sus madrigueras y otras muchas cosas, que ahora ponía en práctica para sobrevivir en medio de tan terrible miseria. Además, ahora era fuerte y tenía experiencia, aparte de que su buena fortuna nunca le abandonó, y cuando el hambre era más desesperada, siempre encontraba algo para calmarla y reponer sus fuerzas.

Es curioso, pero volvía a revivir aquellos viejos tiempos, cuando le atacó la siniestra comadreja o cuando tuvieron que hacer frente a la hembra lince, ansiosa por vengar la muerte de sus cachorros. Pero ahora estaba solo y recorrió aquellos parajes de un lado a otro, siempre buscando alimentos. Su instinto le guió hasta la cueva donde nació y allí encontró a Kiche, que cuidaba de un nuevo cachorro. La loba nunca dejaba de acudir a su cueva cuando le llegaba la hora de parir. Tampoco esta vez le reconoció ni él se preocupó de ello. Así es la ley en plena naturaleza. Abandonó aquel lugar y siguió por la orilla del arroyo que tan bien conocía. Estaba empezando un nuevo verano y el hambre parecía remitir. En un recodo del camino, Colmillo Blanco tuvo un encuentro inesperado: se encontró frente a frente con Bocas y los dos se miraron con atención. Su enemigo iba en un estado miserable. En cambio él había conseguido buena caza y llevaba unos días bien alimentado. Al verlo, Bocas hizo intento de huir y esto lo perdió. Colmillo Blanco se lanzó sobre él con tal rapidez que ni siquiera tuvo tiempo de reaccionar y cayó boca arriba. Siempre ocurría lo mismo. Jamás perdía el tiempo en preparativos y siempre cogía a sus enemigos por sorpresa. Colmillo Blanco no tuvo misericordia de su mortal enemigo y le clavó los colmillos en el cuello con toda su fuerza, contemplando impasible su agonía. Fue implacable y cruel, como Bocas lo había sido con él cuando sólo era un cachorro indefenso. Así terminó con la vida de su antiguo verdugo.

Siguió tranquilamente su camino y sus pasos le llevaron hasta la ribera del Mackenzie. Su instinto le advirtió la presencia de su antiguo campamento. Pero en él todo era distinto de cuando lo abandonó para internarse en el bosque. De nuevo le llegaron las alegres voces tan familiares y olfateó el olor agradable de la comida. Por fortuna para todos, el hambre había pasado y volvían los buenos tiempos. De nuevo estaba con su amo, Nutria Gris, y los suyos, dispuesto a obedecer con la mayor fidelidad.

CUARTA PARTE

El rayo exterminador

Colmillo Blanco ya era un perro adulto y había pasado a ser el jefe de los que tiraban el trineo. Si antes los animales del campamento le temían y se apartaban de él por su carácter retraído y su malhumor, y por haberles tenido dominados durante mucho tiempo, ahora le odiaban, con un odio a muerte, y él les pagaba con la misma moneda. Ya no existía ni la menor posibilidad de que Colmillo Blanco tuviera algún amigo entre los de su raza. Todo lo contrario, se había convertido en el enemigo mortal de los perros, los cuales tenían ahora nuevos motivos de odio hacia él, al ver que Mit-sah le trataba con preferencia, dándole la mejor y más abundante ración de comida. Su nuevo puesto no le agradaba en absoluto. Aunque siempre había luchado por que se reconociera su superioridad, no era un fanfarrón como el Bocas ni le gustaba hacerse el importante. Amaba la paz y la soledad, y nunca buscaba camorra. Ahora había perdido su independencia, pues los perros no le dejaban tranquilo ni un momento, ni cuando arrastraba el trineo ni cuando regresaban al campamento.

Cuando Mit-sah daba la orden de ponerse en marcha se veía obligado a correr durante todo el día delante de los perros, pues en seguida éstos le perseguían con rabia, intentando darle alcance en su veloz carrera y clavarle los colmillos por detrás, pues si intentaba volverse y hacerles frente para defenderse, el largo látigo de tripa de reno que manejaba Mit-sah estaba pronto para castigarle en el hocico. Esto era contrario a su naturaleza, llenándole el corazón de amargura y haciendo que creciera en él más y más la ferocidad hacia los demás. Y ya en el campamento, cuando regresaban para pasar la noche y descansar, en lugar de buscar la protección de sus amos, como hacían otros jefes de trineo, él los rehuía y se enfrentaba con audacia a sus enemigos, que antes se apartaban de su compañía y ahora no le dejaban de perseguir ni un instante, haciendo que se libraran cruentas peleas, que gracias a su rapidez en la forma de reaccionar, podía acabar en poco tiempo y salir airoso. Estas peleas se repetían cada día y cada noche, sin que lograra que le dejaran solo y tranquilo, cuando estaban de regreso. Instintivamente, los perros notaban en él la ligera diferencia de raza y por eso también le odiaban, manteniéndose unidos siempre contra él, sabiendo que no podía vencerlos a todos juntos. Uno a uno los hubiera destruido rápidamente, pero no era lo mismo con toda la horda unida. Tampoco ellos lograban hacerle daño, aunque siempre estaban dispuestos a intentarlo. Era demasiado rápido y astuto para dejarse acorralar y siempre buscaba sitios abiertos cuando querían camorra. Jamás lograron derribar a Colmillo Blanco, que sabía que mantenerse siempre en pie, con las patas firmes en el suelo, durante la lucha es vital para sobrevivir. En estas circunstancias, Colmillo Blanco había declarado una guerra feroz a todos los

perros que encontraba. Hasta el mismo Nutria Gris, tan brutal y salvaje, se sentía impresionado por su terrible agresividad. Jamás había conocido a un perro tan rápido y feroz como él, que ya era un perro famoso en todos los campamentos de la cuenca, los cuales había visitado con su amo. Tal era el número de animales a los que había derrotado o dado muerte, que se le consideraba como el rayo exterminador de su especie. Nutria Gris se sentía orgulloso de ser el dueño del perro más famoso de toda la cuenca del río Mackenzie.

Llegó a tal extremo su fama y su destreza, que se había convertido en un profesional de las peleas. Su forma de luchar era muy peculiar en él. Así como otros perros que se le enfrentaban empezaban por erizar los pelos, enseñar las patas y los dientes y otros preparativos por el estilo, él nunca perdía ni un segundo y sus energías las medía al máximo. Saltaba sobre su rival como un rayo, les mordía en el cuello y se retiraba. Antes de que se repusieran de su sorpresa, ya estaban muertos o malheridos. Evitaba a toda costa la lucha cuerpo a cuerpo, como todo buen lobo, los cuales sienten verdadero desprecio y terror por ella. Necesitaba la libertad de movimientos en la lucha, sin el contacto del enemigo. Su táctica, tan sencilla y rápida, de atacar con velocidad, herir y retirarse, muy pocas veces le había fallado y casi siempre terminaba las peleas sin recibir de sus contrincantes ni un solo zarpazo.

Sabía medir, inconscientemente, el tiempo y la distancia, coordinando matemáticamente sus músculos y su cerebro. En resumen, era un superdotado por la naturaleza.

A finales del invierno, Nutria Gris cruzó las tierras situadas entre el Mackenzie y el Yukón. Colmillo Blanco había cumplido ya los cinco años. Durante toda la primavera se dedicaron a la caza en las Montañas Rocosas y cuando se fundieron los hielos, siguiendo el curso del Porcupine en canoa, llegaron hasta la desembocadura del río Yukón, en el círculo polar ártico, lugar donde se encontraba el fuerte construido por la Compañía del Hudson.

Corría el año 1898 y era pleno verano. Toda aquella región estaba plagada de buscadores de oro, llegados desde los más remotos lugares del mundo. La mayoría habían recorrido miles de kilómetros y llevaban meses de viaje. Cuando llegaron a la ciudad de Dawson y la zona del Klondike, Nutria Gris dio por terminado su viaje, un largo viaje, atraído como todos por la fiebre del oro, pero él no iba como buscador, iba cargado de pieles, mocasines y otros artículos que esperaba vender a los hombres blancos a buen precio y obtener de este modo buenas ganancias.

Cuando Colmillo Blanco conoció a los hombres blancos le parecieron dioses todavía más poderosos, de una especie distinta de la que ya conocía y bajo esta impresión obró en lo sucesivo. Los dioses blancos eran dioses superiores, pero como no los conocía, desconfiaba de ellos. En cuanto a sus perros, a Colmillo Blanco no le impresionaron en absoluto, aunque los había de todas las razas y tamaños. Le parecieron animales faltos de fuerza, que no sabían luchar. En una palabra, no valía la pena tenerlos en cuenta.

En cambio, Colmillo Blanco sí causó sensación entre los blancos. En cuanto notó que todos le observaban, se puso sobre aviso y no permitió que nadie se le acercara.

Como era un buen observador, en seguida se dio cuenta de que muy pocos dioses blancos vivían permanentemente en aquel lugar. La mayoría estaba allí de paso. Llegaban en lo que para él eran canoas enormes, máxima expresión del poder de los dioses blancos; estaban allí unas horas o, a lo máximo, unos días y se iban. En un solo día llegó a ver más dioses blancos que indios había visto en su vida.

Una vez que lo curioseó todo, su distracción preferida fue luchar con los perros de los dioses blancos. Les atacaba, los vencía y dejaba que los perros de los indios terminaran la tarea empezada por él. Así él se divertía y los otros animales cargaban con las consecuencias de sus actos. Pero aunque era muy listo, todavía tenía que aprender muchas cosas de los dioses blancos, de su enorme poder. Cierto día, atacó a un perro y así que su dueño lo vio morir despedazado por la horda de perros indios, disparó su revólver y varios perros cayeron muertos.

Colmillo Blanco quedó impresionado por aquella nueva y terrible fuerza del dios blanco y no lo olvidó en lo sucesivo. Pero siguió divirtiéndose, atacando a los perros de los blancos. Lo que empezó como una diversión, se convirtió en su ocupación, pues no tenía otra cosa que hacer y esto le hacía más agradable su estancia en aquellos lugares. Nutria Gris estaba muy interesado con su negocio y no se ocupaba demasiado de él. Sólo le preocupaba el hacerse rico, y la verdad es que estaba consiguiendo con sus ventas sustanciosos beneficios.

Colmillo Blanco no formaba parte de la horda de perros de los indios, los cuales le secundaban en sus actos y pagaban las consecuencias de los mismos. Era una ocupación cruel la suya. Se consideraba enemigo de todos los de su raza. Pero la vida le había convertido en lo que era ahora. Los primeros tiempos de su vida, teniendo que hacer frente a animales tan siniestros y asesinos como el lince y la comadreja. El Bocas, con sus ataques y su implacable persecución. La brutalidad de su amo, Nutria Gris, le había convertido en un animal retraído, malhumorado, cruel y salvaje, enemigo de los animales de su raza. Todo hubiera sido diferente si no hubiera existido el Bocas y hubiera podido compartir los juegos y la vida de los demás cachorros, si Nutria Gris hubiera sabido ser con él algo más afectuoso. Sus buenas cualidades hubieran salido al exterior y se hubiera convertido en un perro noble y generoso, modelo de los de su especie.

Un nuevo amo

Nutria Gris nunca se hubiera aventurado a hacer un viaje tan largo, de tantas jornadas por el río, cargadas sus canoas hasta los topes de pieles y demás mercancías, de no haber estado seguro de obtener grandes ganancias en su venta. Ya que se decidió a dar ese paso tan importante y llegar a aquellas lejanas tierras, tan distantes de los suyos y de su campamento, de costumbres tan distintas a las suyas y con una forma de vida que desconocía, pensó con la filosofía del indio que se lo tomaría con calma, sin prisas por regresar, hasta que no consiguiera buenos beneficios, como recompensa a sus muchos esfuerzos y penalidades para atravesar tan duras tierras. Así que decidió que se quedaría en fuerte Yukón todo el verano y, si era preciso, parte del invierno, hasta que vendiera todo lo que había traído a buenos precios. Así son de meticulosos los indios cuando tratan de negocios.

Mientras tanto, Colmillo Blanco echaba mucho de menos su vida entre los indios, sus chozas, las fogatas en el campamento, las cacerías, todas aquellas sensaciones tan familiares que habían formado parte de su vida de lobo solitario. Una vida atormentada y dura, pero vivida en la tierra que le vio nacer. Ahora se le iba el tiempo vagando de un lado para otro, en un lugar desconocido y como tal temido. Desconfiaba de los dioses blancos, ya que no podía predecir de qué medios desconocidos por él se valdrían para producir el terror o qué dolores nuevos podrían causarle. Les observaba con curiosidad, a una prudente distancia, con el temor de que le descubrieran y le castigaran de alguna forma nueva. Al ver sus enormes casas, sus tremendas canoas que navegaban por el río, Colmillo Blanco se sentía impresionado por el inmenso poder de los blancos, dioses muy superiores a los que él ya conocía, incluso al dominio de Nutria Gris, a quien había considerado el más fuerte de todos y ahora le parecía un dios pequeñito en comparación con los dioses blancos, cuyo número parecía ser infinito, de tantos como llevaba conocidos en tan poco tiempo.

Consumía su tiempo libre todo el día en observar a estos nuevos dioses y sobre todo en cumplir la misión que se había impuesto, como enemigo número uno de los de su raza: pelear con sus perros y destruirlos. Al contrario de lo que le sucedía con los dioses blancos, a los que temía y admiraba, por sus perros sentía un absoluto desprecio. Eran débiles y muy ruidosos. Perdían su tiempo en tonterías, en lugar de ponerse a luchar con valentía.

Y lo mismo despreciaba y odiaba a sus semejantes, los perros de los indios, que le seguían a todas partes, como si él fuera su guía por aquellos nuevos lugares, donde no tenían nada que hacer, sino vagabundear, buscando diversión y comida, como le ocurría a Colmillo Blanco, que los despreciaba si cabe todavía más, pues demostraban también ser muy poco inteligentes en su forma de ser, ya que todo perro que se precie de su fuerza y valor debe saber que los dioses hombres se enfurecen mucho cuando alguien ataca a sus perros y persiguen y apalean a quien se atreve a hacerles daño.

Pues bien, cuando Colmillo Blanco se dirigía hacia el desembarcadero, iban tras él como sombras. Allí Colmillo Blanco esperaba que atracara algún barco y bajaran a tierra nuevos dioses blancos con sus perros, los cuales en cuanto veían a Colmillo Blanco, por instinto, guiados por sus sentimientos ancestrales de muchas generaciones, atacaban al lobo, al representante de la temida selva, esa terrible y desconocida amenaza que acecha constantemente la tranquilidad de sus vidas, domesticados por sus dueños, que les habían inculcado de generación en generación, a través de los tiempos, ese miedo a la vida salvaje de la que habían nacido, para protegerse a sí mismos contra el peligro que para ellos entrañaba, fomentando el odio entre el lobo y el perro domesticado. Estos perros no podían resistir el deseo de lanzarse sobre Colmillo Blanco en cuanto le veían y éste se divertía a costa de ellos, los cuales le consideraban presa fácil y apenas si les daba tiempo de reaccionar. Como un rayo atacaba, a su vez, los vencía y se alejaba como si nada hubiera ocurrido. Los mismos perros forasteros le facilitaban la diversión. Luego veía a la horda india rematar la obra que él había empezado, pero para entonces ya habían reaccionado los dueños de los perros derrotados y eran los que se llevaban las consecuencias de sus actos, sufriendo los golpes y las iras de los dioses blancos, entre los cuales se habían creado en poco tiempo una fama muy mala, por sus muchas fechorías.

Podría decirse que Colmillo Blanco disfrutaba entonces como nunca, vengándose de los de su raza, sus peores enemigos, los que siempre le habían hecho la vida insoportable, amargándole la existencia. Se sentía a su lado fuerte y poderoso, invencible. Era consciente de su rapidez y velocidad en atacar y vencer, retirándose a tiempo del lugar de la pelea. Su aprendizaje había sido muy largo y muy duro, difícil desde los primeros tiempos de su vida, cuando se había visto obligado a defenderse junto a su madre, la loba Kiche, en su guarida contra los ataques del lince y la comadreja sanguinaria. Pero estas experiencias le habían apoyado mucho a convertirse en el astuto y hábil luchador que era ahora.

Esta diversión de Colmillo Blanco, de la que había hecho su principal ocupación de cada día, se había convertido en un verdadero espectáculo para los habitantes de fuerte Yukón, los cuales en cuanto advertían la llegada de algún barco acudían presurosos al desembarcadero, ansiosos por no perderse ni un detalle de las riñas entre los perros indios y de los forasteros que llegaban en el barco. Y la verdad es que era digno de verse cómo reaccionaba Colmillo Blanco cuando aquellos infelices perros se le echaban encima y éste, de pronto, se les perdía de vista, y cuando querían darse cuenta, lo tenían encima, atacando con una velocidad de vértigo, hiriéndoles la mayoría de las veces de muerte. Luego se acercaban los demás perros de la horda y remataban su obra.

En el fuerte Yukón vivían desde hacía mucho tiempo de forma estable un grupo no muy numeroso de hombres blancos que se autodenominaban «levaduras agrias» y que estaban muy orgullosos de su apodo, que provenía del hecho de amasar el pan sin levadura. Se trataba de aventureros de todas clases que habían acudido a los desiertos de Alaska y norte del Canadá atraídos por la llamada fiebre del oro y que habían fijado allí su residencia, dedicándose al comercio con los indios y los verdaderos buscadores de oro, a los que llamaban en tono despreciativo «chechaques», porque cocían el pan con levadura, a diferencia de ellos. Hombres a los que desvalijaban de su dinero, al menor descuido, mediante el juego o los negocios sucios. De todo se podía esperar, menos nada bueno, de esos «levaduras agrias» que corrompían a los sencillos indios cambiándoles sus pieles por bebidas y armas.

Estos hombres gozaban viendo las desgracias de todos los forasteros que llegaban hasta el fuerte. Por eso gozaban tanto cuando Colmillo Blanco y sus seguidores atacaban con crueldad a sus sencillos perros. La mayoría de aquellos buscadores provenían de las pacíficas y cálidas tierras del Sur, con la ilusión de labrarse una fortuna buscando oro.

Entre los «levaduras agrias» había un hombre que gozaba especialmente con el espectáculo cruel y sangriento de las peleas de perros. Saltaba lleno de júbilo, con una especie de demencia obsesiva cuando veía caer en plena agonía uno de aquellos delicados perros sureños, despedazado por los perros semisalvajes de los indios, después que Colmillo Blanco había iniciado su labor de exterminio. Este hombre, al que todos en el fuerte Yukón apodaban Smith *el Lindo*, era el encargado de hacer la comida, lavar la ropa y realizar las labores de limpieza; por eso no prescindían de él, sino que le toleraban con cierta reserva, ya que era una especie de monstruo humano, que, por supuesto, de lindo no tenía nada. Todo lo contrario, su cuerpo, si hubiera sido modelado por un escultor para producir horror y repugnancia entre sus semejantes, no lo hubiera hecho tan despreciable como la misma Naturaleza, tan sabia siempre, lo había creado.

Su aspecto era la antítesis de lo que significaba su apodo, el cual se lo habían dado en plan de sorna, pues no se podía ser más feo y repulsivo en todo su conjunto. Su cuerpo era débil y desgarbado, con la cabeza como una pera mal colocada sobre sus hombros, hecho por el que sus compañeros le habían llamado de niño el «Pera». La Naturaleza le había privado de todos sus favores. Esa cabeza estaba «maldotada» de una frente ancha, en comparación con la cabeza tan pequeña, tan ancha que parecía salirse de ella, y los ojos, saltones, dejaban a cada lado hueco suficiente para otro par. Mandíbulas

prominentes, que querían ser enérgicas, anchas y deforma-
das, aparentaban una voluntad dura, pero no era cierto, pues
Smith *el Lindo* era el más despreciable de todos los cobardes,
y al menor contratiempo empezaba a gemir como un niño
desvalido. El cuello que tenía de unión entre la deforme
cabeza y el deforme tórax era tan fino que parecía que de un
momento a otro se iba a quebrar, sin poder soportar el peso
que llevaba encima. Pelo muy escaso, ralo, sin color definido,
lo mismo que sus ojos. Dientes largos y sucios. Para qué
seguir describiendo su aspecto, si Smith *el Lindo* sólo era un
horror creado por la Naturaleza para martirio de sus semejantes. Pues a su cobardía unía una gran maldad. Se desahogaba haciendo sufrir a los que eran más débiles que él o
cuando sus contrarios estaban en circunstancias que no podían defenderse. Entonces demostraba la crueldad y el resenti-
miento que llevaba dentro de su ser.

Este hombre despreciable se había puesto a observar a
Colmillo Blanco y le hizo objeto de sus terribles maquinacio-
nes, prometiéndose llevar a cabo grandes proyectos si conseguía hacerse dueño de Colmillo Blanco. En seguida intentó
atraerse al animal con trucos y falsas caricias, pero conocía
muy mal a Colmillo Blanco, si pensaba que iba a conseguir
nada de aquel animal retraído y solitario, que no admitía la
compasión ni las caricias de nadie, tan acostumbrado estaba
a ser sólo la víctima de todos los golpes y persecuciones.

Colmillo Blanco en seguida se dio cuenta de las intenciones de aquel hombre repulsivo, que no le gustaba nada, y no
hizo ningún caso de sus caricias; es más, cuando vio que
insistía, presintiendo instintivamente que era un dios blanco
malo, le amenazó con sus colmillos y huyó de él como de la
peste. Su instinto le decía que debía guardarse de aquel ser
perverso que fingía palabras cariñosas, intentando acariciar-

le. En su mirada descubría Colmillo Blanco la maldad de sus sentimientos y sus intenciones, ya que él era un animal sencillo, sin complicaciones, y todo ser sencillo en seguida intuye dónde están el bien y el mal, distingue las cosas buenas, que causan paz y bienestar, de las cosas malas que perturban y acarrean el dolor y el odio. Y presentía que *el Lindo* era malo y no le gustaba ese hombre del que parecía emanar la maldad de todo su ser. Se lo decía su instinto, que aquel hombre blanco sólo deseaba producirle dolor y daño, y empezó a sentir odio por el dios loco y cruel. Sobre todo comprendió su obstinación y se presentó en la choza de Nutria Gris, adonde él había llegado momentos antes y estaba descansando tranquilamente de sus correrías por el desembarcadero. En cuanto oyó acercarse unos pasos, olfateó su presencia y, por instinto, siempre que presentía el peligro, se le erizaron los pelos de todo el cuerpo y se levantó de un salto, saliendo corriendo al galope de la choza para esconderse en el bosque cercano al fuerte. Desde allí le vio hablar con su amo, señalándole a él, que huyó más al interior de la espesura, buscando su seguridad. Iba furioso, como siempre que veía que los dioses hombres se reían de él y había visto a aquel monstruo sonreír cuando hablaba con Nutria Gris, temiendo que pudiera acercarse a él y le hiciera daño.

En efecto, Smith *el Lindo* había ido a visitar al indio Nutria Gris, tratando de que éste le vendiera su perro. Estaba obsesionado con la posesión de Colmillo Blanco. Pero el indio se estaba haciendo rico con el producto de las ventas de sus mercancías y no necesitaba el dinero.

Aparte de que estaba orgulloso de ser el dueño del perro más famoso de la cuenca del Klondike, cosa que así dijo al blanco, que al oír sus palabras sintió todavía más deseos de ser el dueño de Colmillo Blanco, pero Nutria

Gris le dijo que su perro no estaba en venta. A su modo, apreciaba al perro, llevaba muchos años con él, desde que cayó en su poder siendo un rabioso cachorro y después se había convertido en el mejor de los perros que había poseído en toda su vida, cosa que le había demostrado con creces al luchar con los perros de los otros indios, cuando visitaban los demás campamentos. No, Nutria Gris no quiso ni oír hablar de desprenderse de su perro.

Mas para Smith *el Lindo* se había convertido en una verdadera obsesión el hacerse el dueño de Colmillo Blanco. Se sentía ansioso, pasándose la lengua por los resecos labios mientras su mente no dejaba de maquinar maldades. Conocía a los indios desde hacía muchos años y sus costumbres sencillas, casi inocentes. Maquinó inducir a Nutria Gris a la bebida, cosa fácil, puesto que el hombre indio desconoce que el alcohol destruye el cerebro, convirtiendo a los bebedores en unos perfectos idiotas. Sólo sentían sus efectos estimulantes. Y así, para llevar a cabo su plan, empezó a visitar cada vez con más frecuencia el vivac de Nutria Gris, llevando siempre consigo una botella de licor, que ofrecía al indio, el cual empezó a tomar de aquel líquido que, cosa curiosa, en lugar de calmarla, cada vez produce más sed, hasta que llegó el día que Nutria Gris no podía pasarse sin beber de aquellos líquidos de fuego.

Cada vez reclamaba más y más de aquel líquido que estimulaba su cuerpo pero anulaba su inteligencia, y llegó hasta tal extremo su afición que empezó a perder el dinero que había ganado con la venta de sus pieles, por lo que cada vez estaba de peor mal humor, ya que no tenía para adquirir las botellas que necesitaba, por lo que se enojaba por todo.

Lo único que iba en aumento era su sed ardiente. Smith *el Lindo* había conseguido su objetivo. Había convertido a

Nutria Gris en un esclavo de la bebida y lo tenía a merced de sus deseos. Y le habló al indio de cambiar al perro por bebida. Nutria Gris estaba tan cegado, con la mente tan turbia, que sólo pudo contestar que cogiera al perro y se lo llevara. Pero *el Lindo* no se atrevía, tenía miedo de la fuerza de Colmillo Blanco y además notaba el odio que éste le tenía. Le dijo a Nutria Gris que lo atrapara él si quería conseguir su bebida.

Colmillo Blanco había estado alejado del vivac de su amo unos días por temor a las visitas del dios malo. Cuando vio que Nutria Gris estaba solo, volvió y se echó a sus pies, tranquilo. No sabía lo que tramaba Smith *el Lindo*, pero su instinto le decía que le amenazaba un gran mal, por eso se apartaba de aquel dios loco y malo.

Nutria Gris, al verlo echado a sus pies, le ató una correa al cuello y lo sujetó mientras bebía de una botella de cuando en cuando grandes sorbos de licor, que gorgoteaban en su garganta. Y así estuvieron un buen rato, hasta que Colmillo Blanco oyó los pasos del odiado dios blanco y se le erizaron los pelos de miedo. Nutria Gris, que estaba ya completamente borracho, miraba con ojos extraviados y estúpidos y se levantó, tirando con fuerza de la correa, pues Colmillo Blanco intentaba huir de los dos. Smith *el Lindo* entró en la choza y se puso delante de Colmillo Blanco, que apretó los dientes sintiendo miedo de aquel hombre, que extendía la mano hacia él, intentando acariarlo. La reacción instintiva de Colmillo Blanco no se hizo esperar, viendo la insistencia del dios malo en acariciarlo. Como siempre, intentó morder con la fuerza y la velocidad de un rayo, pero *el Lindo*, que ya conocía al animal, de tanto observarlo, esperaba esta reacción y apartó la mano, y los colmillos del animal se cerraron en el vacío con rabia. Nutria Gris le pegó con rabia, para que se echara en el suelo y obedecie-ra. Colmillo Blanco cumplió la ley de obediencia al amo y se echó, receloso. Vio que Smith volvía con un gran palo y Nutria Gris le entregó la correa y echó a andar, tirando de la misma, ya que Colmillo Blanco se negaba a seguirle.

Hasta que Nutria Gris le volvió a golpear y entonces com-prendió que eran las órdenes de su amo que debía obede-cer y se levantó, pero fue para lanzarse contra el intruso, el cual le golpeó tan fuerte con el palo, que lo derribó, medio atontado. Nutria Gris empezó a reírse estúpidamente, lo que enfureció a Colmillo Blanco, que siguió al hombre blanco sin intentar atacar de nuevo, pues había comprobado que sabía manejar el palo con gran fuerza y destreza. Se fue gru-ñendo de malhumor, bajo la amenaza del palo.

Smith *el Lindo* lo llevó al fuerte y allí lo ató a un poste y él se fue a dormir. Colmillo Blanco se puso en seguida a morder la correa con sus afilados colmillos, con tal fuerza, que pronto consiguió cortarla como si lo hubiera hecho con un afilado cuchillo. Cuando se vio libre otra vez, se fue gruñendo a la choza de Nutria Gris, único dueño al que reconocía poder para darle órdenes, desde el día que vol-vió junto a él y se sometió a las leyes de obediencia y fide-lidad. Pero no tardó mucho tiempo en repetirse la misma escena. Nutria Gris le volvió a atar con otra correa y le sujetó hasta que de nuevo volvió Smith *el Lindo* a buscarle. Pero esta vez Colmillo recibió tal paliza, que la que le dio Nutria Gris el día que lo separaron de su madre, Kiche, que le había parecido hasta entonces la más grande que había recibido en su vida, resultó ser una azotaina, compa-rada con la que recibió de manos del blanco dios enlo-quecido, el cual atacaba al indefenso animal con sadismo, desquitándose con el perro de todas las humillaciones que

había recibido y recibía de sus semejantes, los cuales, él lo sabía muy bien, le despreciaban, no por su aspecto tan repugnante, sino por su perversidad y su cobardía.

Esta vez Colmillo Blanco comprendió que era la voluntad y el deseo de Nutria Gris que tuviera otro amo y vio con claridad el motivo por el que se le castigaba tan cruelmente, de forma tan brutal.

Colmillo Blanco era muy inteligente, por lo que sabía que había desobedecido la ley de los dioses. Cuando vio que volvían a atarlo en el fuerte Yukón, obedeció, aunque en contra de sus sentimientos más íntimos, pues para él existía con mucha intensidad el instinto de la fidelidad y, aunque nunca había querido a Nutria Gris, siempre le había sido fiel porque era consustancial a su forma de ser, y aunque él le había abandonado en aquella ocasión, para Colmillo Blanco su único amo, su dios particular, era Nutria Gris, ya que a él se había entregado voluntariamente, sin ninguna reserva, y ahora le resultaba casi imposible romper con ese lazo a pesar de la paliza que había recibido cuando por segunda vez fue a buscarlo Smith *el Lindo*.

De modo que, cuando comprobó que todo el mundo se encontraba descansando en el fuerte, Colmillo Blanco intentó de nuevo escapar para reunirse con su amo de siempre. Esta vez el dios blanco, con gran maldad, le había atado con un palo atravesado, por lo que resultaba casi imposible soltar sus ataduras y recobrar la libertad. El palo era de una madera tan dura como el hueso y lo llevaba atado con tanta justeza al cuello, que le resultaba muy difícil hincarle los dientes. Tardó muchas horas en conseguir que la atadura se aflojara un poco y se pusiera al alcance de los dientes. A fuerza de mucho mover la cabeza de un lado a otro lo consiguió, y cuando la tuvo entre los dientes, con una paciencia infinita, a fuerza de mucho tiempo, consiguió partir el palo en dos y verse libre. Esta hazaña de Colmillo Blanco era algo increíble, que nunca se había dado con anterioridad, al menos nadie recordaba que ningún perro lograra soltarse de sus ataduras en semejantes circunstancias.

Estaba amaneciendo cuando Colmillo Blanco apareció en la choza de Nutria Gris, que ya le había traicionado dos veces. Pero volvió por fidelidad, su fidelidad inquebrantable. Y por tercera vez consintió que su amo lo atara y lo entregara a Smith *el Lindo*, que se ensañó con él con más perversidad que las anteriores. Ante la mirada estúpida del borracho Nutria Gris, Smith *el Lindo* le azotó con un látigo durante mucho tiempo, hasta que el perro no pudo resistir más y cayó al suelo, realmente malherido, muy enfermo. Si no hubiera sido un animal tan resistente y acostumbrado a toda suerte de crueldades y miserias, no hubiera podido resistir aquel terrible y brutal castigo del sádico dios loco de los blancos, pero él sí pudo sobrevivir, aferrándose a la vida con todas sus fuerzas. Mas estaba tan malherido, que *el Lindo* tuvo que esperar un buen rato para poder llevárselo de nuevo al fuerte. No supo cómo pudo arrastrarse ante la actitud de aquel monstruo, que se había convertido por la debilidad de Nutria Gris en el nuevo amo. Iba casi sin poderse sostener sobre sus patas, esas patas que nadie había conseguido hasta ese momento que se doblaran durante una pelea. Casi ciego. El perverso dios le había golpeado sin miramientos, sin fijarse en los lugares donde daba los latigazos.

Cuando por fin, y sin saber cómo, logró llegar con su nuevo amo al fuerte Yukón, éste le sujetó al poste con una cadena de hierro y Colmillo Blanco, entre la situación tan lamentable que estaba y la fuerte cadena, ya no pudo conseguir huir, estaba demasiado debilitado por la paliza. Imposible

arrancar el poste del suelo, al que permaneció atado durante unos días, reponiéndose de sus heridas y recobrando las
fuerzas para seguir viviendo, si es que puede llamarse vida a
la que llevaba el pobre animal, siempre torturado, sin encontrar una mano amiga que le aliviara sus dolores. En su vida
empezaba una nueva etapa de sufrimientos, muy distinta a
la que había tenido junto a Nutria Gris y los suyos, entre las
chozas y las fogatas del campamento, donde por lo menos
podía vagar a su antojo. Ahora tendría que obedecer y guar-
dar fidelidad, según la ley, a un nuevo amo, Smith *el Lindo*,
un dios blanco completamente perturbado y poseído por la
maldad. Éste era el contrato establecido desde todos los
tiempos entre el hombre y el perro.

Nutria Gris, perdidos todos sus ahorros y abandonado
del malvado blanco que le había inducido a la bebida, tuvo
que abandonar fuerte Yukón sin un céntimo y emprender
el largo viaje de regreso a sus tierras sin la compañía de
Colmillo Blanco. El viaje, aguas arriba por el Porcupine,
hasta las aguas del Mackenzie, tan largo y penoso, se le
haría todavía más, dadas las condiciones de soledad y
miseria en que iba, dejando a su más fiel perro en manos
de un malvado que le había engañado con las más viles
tretas. Nunca más abandonaría su ambiente para estable-
cer negocios con los hombres blancos, que le habían arre-
batado a Colmillo Blanco.

Odio a muerte

En otros tiempos, Colmillo Blanco se habría convertido en el enemigo más encarnizado de todos los animales de su raza, debido al comportamiento de sus semejantes con él, atacándole y persiguiéndole sin tregua. Le habían dado motivos más que suficientes para justificar su odio a muerte, que empezó con el maldito cachorro Bocas y su trato implacable, molestándole y atemorizándole, poniendo en contra suya a todos los animales del campamento, que a partir de entonces no vieron en él nada más que al lobo salvaje que representaba el peligro de la selva, sin comprender que, en tiempos lejanos, ellos mismos habían nacido libres como Colmillo Blanco y fueron domesticados por los dioses hombres para servirse de ellos y aprovecharse en su beneficio de sus esfuerzos, exigiéndoles absoluta obediencia y fidelidad. Pese a todas sus miserias de entonces, Colmillo Blanco, a su modo, vivía casi feliz, pues dotado por la Naturaleza de unas fuerzas y una inteligencia muy dúctiles, superiores a las de su raza, podía adaptarse a todas las circunstancias y defenderse y hacer valer esa superioridad entre todos los animales que le rodeaban, los cuales le temían y respetaban por miedo a sus terribles colmillos y a su rapidez y destreza en la lucha. Colmillo Blanco conocía ese odio y ese miedo, pero al menos podía defenderse en libertad aunque vivía retraído, pero sentía la compañía de sus semejantes y el apoyo y el calor de los dioses indios. Nutria Gris y los suyos siempre le defendían cuando se encontraba en alguna dificultad.

Todo esto se había terminado junto a su nuevo amo, en la vida que tenía en el fuerte Yukón, donde permanecía en una corraleta sucia e inmunda, atado a aquel poste, privado de toda libertad, soportando las chanzas y los tormentos a los que Smith *el Lindo* quería someterle, el cual gozaba haciéndole sufrir por todos los hombres, odiando todo cuanto le rodeaba, convirtiéndose en una fiera terrible. No podía soportar de ninguna forma su esclavitud, por lo que odiaba a muerte a todo ser viviente que le rodeaba. Él, que había nacido libre en medio de aquellas inmensas tierras boreales y había crecido libre entre sus bosques, se veía ahora reducido a permanecer en aquel inmundo cuchitril, objeto de los más bajos y terribles malos tratos, en manos de un malvado loco, que gozaba sádicamente, atormentándole sin motivo. Para colmo de sus males, Smith *el Lindo* había descubierto su furor, rayado en la locura, cuando se reía de él y gozaba viéndole enloquecer con su desagradable y ruidosa risa, una risa vengativa, llena de despecho. Mientras más sufría el animal, más se reía el miserable, convirtiendo a Colmillo Blanco en un fiera loca de rabia y de odio hacia todo cuanto le rodeaba. Y aullaba con terribles alaridos a todos los curiosos que se acercaban con sus perros a espiarle por las rendijas de las tablas del cuchitril, donde Smith *el Lindo* lo tenía prisionero. Rugía como un demonio acorralado, apretando los colmillos con rabia, agitándose de un lado a otro, desesperado por su impotencia, al no poder defenderse y atacar. Su vida se había convertido en un infierno, del que no podía escapar.

El propósito de Smith *el Lindo* con todos aquellos tormentos, exasperando cada vez más al animal, aparte del sádico placer que sentía, era el de convertir a Colmillo Blanco en un animal entrenado al máximo para las peleas entre perros, con lo que esperaba embolsarse buenas sumas de dinero con las apuestas. Este cruel esparcimiento de los hombres de estas duras tierras lo aprovecharía Lindo Smith en su propio beneficio. Desde que vio por primera vez a Colmillo Blanco luchar contra los perros que llegaban en los barcos al desembarcadero, se formó esa idea en su sucia y malvada mente. De ahí su empeño y su constancia en apoderarse del valioso perro lobo de Nutria Gris. Aparte de que se divertiría con placer con el espectáculo que pensaba organizar entre los aventureros que pasaban continuamente por el fuerte Yukón, pensaba obtener buenos beneficios y, quién sabe, quizá podría enriquecerse, pues Colmillo Blanco, con su forma tan peculiar de pelear, era un animal invencible. Para eso lo había estado observando con tanta insistencia y conocía hasta el más mínimo detalle su forma de reaccionar, de atacar y defenderse ante los otros perros.

Un día, cuando consideró que Colmillo Blanco estaba ya lo suficientemente entrenado y excitado, decidió probar suerte y organizó la primera pelea. Colmillo Blanco medía más de metro y medio y su alzada casi sobrepasaba los tres cuartos de metro. Por la sangre que había heredado de su madre, Kiche, era como los perros, más ancho que los lobos, a los que sobrepasaba en peso y longitud. Era un animal sorprendente por su empuje y su fuerza, todo músculos, hecho para la lucha, y con ese objetivo lo excitaba Lindo Smith, el cual se puso de acuerdo con un grupo de hombres, ansiosos por contemplar una pelea a conciencia. Se cruzaron las oportunas apuestas y empezó el primer espectáculo de Colmillo Blanco.

Smith *el Lindo* entró en la casilla donde lo tenía encerrado armado con un palo y lo dejó en libertad. Colmillo Blanco intuyó que algo raro iba a ocurrir y se puso sobre aviso, y pese a su ansiada libertad se quedó clavado en el suelo, observando con atención a ver qué nuevo peligro le acechaba. Se abrió otra vez la puerta de madera y empujaron hacia adentro a un perro muy grande, un enorme mastín de aspecto feroz. Colmillo Blanco, ansioso por desquitarse de tantos días de presidio y deseando vengarse de todos los sufrimientos padecidos, no consideró la potencia del animal que tenía enfrente. En un segundo, y a una velocidad de vértigo, se lanzó sobre el animal, sin darle tiempo a reaccionar, y le desgarró el cuello. El mastín intentaba defenderse, pero Colmillo Blanco iba de un lado a otro, atacando y retrocediendo, sin llegar al cuerpo a cuerpo, mordiendo cada vez con más fuerza a su enemigo, al que en pocos minutos dejó completamente desgarrado todo el cuerpo. Cuando lanzó el último gemido de agonía, aquellos hombres degenerados y crueles saltaron lanzando gritos de júbilo, aplaudiendo a Colmillo Blanco con verdadera admiración, mientras su amo, siempre bajo la amenaza del palo, lo volvía a atar al poste, dejándole otra vez prisionero. Colmillo Blanco observó con odio cómo sacaban al mastín del corralillo, mientras se pagaban las apuestas. Smith *el Lindo* ganó una suma importante a costa de la lucha de Colmillo Blanco y se sentía admirado de la fuerza de destrucción que él había ido fomentando día a día en el instinto del poderoso perro.

Desde ese día, Colmillo Blanco esperaba ansioso que llegara una nueva pelea. Era la única forma que le quedaba de sentirse por unos momentos libre y ejercitar sus fuerzas para defenderse de sus sufrimientos. Eran unos minutos en los que de verdad se sentía de nuevo vivo, disfrutando con todo su ser de esa vitalidad. Por eso, cuando veía reunirse a los hombres en torno a la caseta, intercambiando las apuestas, se olvidaba por unos momentos de su situación de esclavo y disfrutaba ante la señal de que la lucha iba a empezar y podría desquitarse un poco del odio que había ido acumulando en su interior. Y así empezaron a sucederse las peleas y las apuestas. Smith *el Lindo* estaba muy satisfecho al ver que sus presentimientos se habían cumplido y Colmillo Blanco salía victorioso en las peleas, pues hubo veces en que tuvo que luchar con dos perros a la vez o con un auténtico lobo. La lucha más peligrosa fue precisamente cuando tuvo que enfrentarse a dos perros que le echaron al mismo tiempo. Esta vez casi le cuesta la vida el dar muerte a sus dos enemigos, lo que consiguió a duras penas. Fue un auténtico negocio para su dueño, el cual estaba más que satisfecho de la fama que había adquirido su perro, que se había ganado el sobrenombre de «el lobo luchador» en toda la región del Yukón.

Pasado el verano, cuando empezaron las primeras nevadas, Smith *el Lindo* decidió trasladarse con Colmillo Blanco a la ciudad de Dawson. No se fiaba, temiendo que Colmillo Blanco se escapara al menor descuido por lo que le llevaba metido en una jaula, la cual siempre estaba rodeada por los curiosos pasajeros del barco, a los que divertía verle enseñar los dientes con odio cuando le metían palos y le arañaban, haciéndole saltar de un lado a otro lleno de rabia y de odio, un odio reconcentrado y frío. Las risas de aquellos energúmenos le sacaban de tino, lo que hacía que se rieran todavía más.

Smith *el Lindo*, al ver lo que se divertían los pasajeros haciéndole rabiar, y la curiosidad que despertaba por todas partes, decidió aprovecharse de esto. De ahora en adelante, exhibiría a Colmillo Blanco y cobraría a los curiosos por ver al animal más fiero y salvaje de toda la cuenca.

Ésta era su nueva vida, convertido en un objeto de curiosidad y de diversión, burlándose todos de su fiereza, mientras estaba privado de libertad. Pero la Naturaleza le había dotado de un gran poder de adaptación a cuanto le rodeaba. Otro animal, en las mismas circunstancias, hubiera sucumbido ante un cambio tan grande en su forma de vida y costumbres y hubiera perdido las fuerzas. Sin embargo, Colmillo Blanco se encerró en sí mismo, creando una valla con el mundo exterior, y se adaptó a esta nueva vida, como si hubiera estado preparado para ella desde su nacimiento y servir de diversión a cuantos curiosos querían acercarse a su jaula para contemplarle.

El odio entre Colmillo Blanco y Smith *el Lindo* iba en aumento. El hombre no había conseguido en todo aquel tiempo que Colmillo Blanco le mostrara obediencia. Las palizas se sucedían sin tregua, pero nunca consiguió hacer que el animal se sometiera y siempre era el perro el que seguía gruñendo, por muy apaleado que estuviera, y él tenía que darse la vuelta y dejarlo por imposible, ante los aullidos de odio del perro. Le interesaba excitarle, pero sin acabar con su vida, pues se le hubiera acabado el negocio que tenía con el animal.

Y así, entre las exhibiciones y las peleas, transcurría la nueva vida de Colmillo Blanco. Sostuvo peleas con perros de todas las razas y de todos los tamaños. Estas peleas se celebraban generalmente de noche para que la Policía Montada del país no las pudiera impedir. Una vida dura en una tierra de hombres rudos, sin ley. Y según iba pasando el tiempo, aumentaba la experiencia y habilidad de Colmillo Blanco. Se había convertido en un animal invencible y cada vez resultaba más difícil concertarle una pelea, pues ya se había enfrentado con los perros más fieros y siempre los derrotaba. Habían tenido que recurrir a los lobos auténticos, a los que en cuanto los capturaban, por medio de trampas, los enfrentaban con Colmillo Blanco.

Por lo general, estas peleas eran a muerte y ningún perro lobo había conseguido hacerle perder el equilibrio. Sus patas se clavaban al suelo con tal fuerza, que los curiosos se desesperaban, pues les hubiera gustado en extremo verle siquiera por una vez perder el equilibrio y verlo humillado ante alguno de sus enemigos. Siempre seguía la táctica favorita de los descendientes del lobo, que era correr hacia su enemigo a velocidad del rayo, unas veces en línea directa y otras dando una vuelta inesperada para su contrario, y chocar con violencia contra el costado del otro perro, derribándolo a tierra. Una vez allí, le era muy fácil acabar con él. Todos los perros del Mackenzie y el Labrador fueron entrenados para utilizar esta táctica de lucha, incluso los perros de los esquimales, pero era en vano: al encontrarse frente a frente con Colmillo Blanco, siempre fracasaban.

Esto no significa que Colmillo Blanco no pasara verdaderos momentos de apuro, incluso que en muchas ocasiones estuviera en peligro de perder la vida. Smith *el Lindo*, en su ansia por ganar dinero con estas peleas, le había enfrentado a enemigos muy peligrosos. Incluso había hecho que peleara con dos perros a la vez. Estos espectáculos atraían muchos curiosos, ávidos de contemplar la asombrosa forma de luchar de Colmillo Blanco, tan rápido en atacar y terminar con el contrario, que algunas veces le ataban hasta que su contrario hubiera realizado todas las ceremonias preparativas de apretar los dientes, erizar el pelo, y otros ritos que precedían a la lucha, y de los que Colmillo Blanco había prescindido siempre. Después lo soltaban y Colmillo Blanco, con su terrible experiencia, atacaba como un rayo, anulando todos los trucos de los otros perros con los suyos propios, haciendo muy difícil la lucha con un animal tan rápido.

Cuando fue muy difícil concertar alguna pelea, Smith *el Lindo* recurría a los lobos capturados vivos por los indios. Incluso llegó un día que le puso frente a una hembra lince. Esta pelea despertó gran curiosidad entre los espectadores habituales de sus luchas. Las apuestas fueron más numerosas que nunca. Colmillo Blanco sí tuvo que luchar esta vez con ganas y recurrir a todos sus trucos y a toda su fuerza. El lince es un animal sanguinario y cruel, ya lo sabía Colmillo Blanco desde que era un cachorrillo y vio a su madre, Kiche, luchar con aquella hembra a la que había despojado de sus cachorros. Ya entonces, casi acaba con los dos en la cueva, dejando muy malherida a Kiche. Ahora era él el que se enfrentaba contra un animal que sabía luchar con su misma rapidez y astucia, con la misma ferocidad, y que además utilizaba las uñas, mientras que Colmillo Blanco sólo se servía de los colmillos. Fue una pelea muy dura y los espectadores estaban entusiasmados, disfrutando al ver que se prolongaba y no terminaba con la rapidez acostumbrada de otras, ya que Colmillo Blanco tenía que seguir el ritmo de lucha del lince. En un arranque de fuerza, sin que ni él mismo supiera de dónde sacó la habilidad, le dio una tremenda dentellada y por fin consiguió verse libre de aquella hembra asesina.

Después de esta pelea con el lince, vino una temporada de tranquilidad para Colmillo Blanco, pues su amo ya no encontraba animales a los que sus dueños se atrevieran a enfrentarlos con el terrible luchador. No les agradaba la idea de quedarse sin sus perros, pues Colmillo Blanco siempre luchaba a muerte con sus contrarios.

Smith *el Lindo* lo dejó descansar y así transcurrió todo el invierno, exhibiéndolo ante los curiosos, a los que cobraba por ver al famoso lobo luchador de la cuenca del Mackenzie. Así hasta que llegó la primavera y acudieron nuevos aventureros, deseosos de enriquecerse con el famoso oro. Con la llegada de la primavera, se acabó el descanso para Colmillo Blanco.

Su peor enemigo

Con los primeros días de la primavera, la ciudad de Dawson pareció despertar de nuevo a sus habituales actividades. Nuevos aventureros acudieron atraídos por la fiebre del oro. Un día apareció un tal Keenan, profesional del juego. Este Tomás Keenan era propietario de un perro enorme, de una raza desconocida por aquellos contornos. Fue el primer perro buldog que se presentó en la cuenca del Klondike. Smith *el Lindo* no perdió el tiempo y pronto estuvo de acuerdo con Keenan para que se celebrara una pelea con Colmillo Blanco. Después de tantos meses sin un espectáculo de esta clase, los hombres estaban ansiosos por contemplar una pelea, y desde mucho antes de la fecha que habían fijado para celebrarla no se hablaba de otra cosa por todos los tugurios.

Colmillo Blanco fue sacado de su jaula y lo llevaron a unos cuantos kilómetros de la ciudad, entre los árboles del bosque. Cuando amaneció ya habían acudido muchos espectadores, que intercambiaban sus apuestas. También había llegado Keenan con su terrible perro.

Cuando Smith *el Lindo* le soltó la cadena, Colmillo Blanco, por primera vez, se quedó quieto, aguzó las orejas y observó a su contrincante extrañado, pues nunca se había enfrentado con un animal como aquél. El buldog, sin muchas ganas de pelea, inició un trotecillo con sus cortas patas, como si estuviera jugueteando, sin hacer caso de las voces de los espectadores, que le animaban a atacar. No comprendía que se le hiciera pelear con un animal como el que tenía enfrente. Esperaba un perro de su raza.

Tomás Keenan se acercó a Cherokee, su perro, y empezó a acariciarle de una forma muy peculiar, pues en seguida el perro cambió de actitud. A medida que su amo le pasaba las manos por las paletillas, a contrapelo con movimientos muy suaves y lentos, el efecto que le producía parecía ser muy excitante, pues el perro empezó a gruñir roncamente; parecía como si la caricia del amo y el gruñido del perro, cada vez más ronco, estuvieran sincronizados, hasta que empujó a Cherokee hacia Colmillo Blanco, el cual también parecía haber sufrido los efectos excitantes de los gruñidos del perro, pues se le erizó el pelo, y al ver avanzar al buldog con un trotecillo corto, atacó, despertando la admiración de los espectadores, los cuales se sorprendieron una vez más al verle saltar como un felino, clavarle los dientes al perro y retirarse a lugar seguro. Cherokee, a pesar del desgarrón que tenía en una oreja, no parecía notar nada y siguió a Colmillo Blanco hasta su puesto. La pelea se prometía muy excitante, pues la táctica de cada perro era completamente distinta. Y se aumentaron las apuestas, cruzándose otras nuevas.

Colmillo Blanco, con su característica rapidez, atacaba una y otra vez, siempre mordiendo y retirándose. Estaba desconcertado, pues aquel extraño animal, sin pelos, todo carne, donde podía hundir sus colmillos a placer, ni siquiera gruñía cuando recibía una nueva herida de su adversario. Se limitaba a seguirle, buscando siempre el cuerpo a cuerpo a que estaba acostumbrado en sus peleas con otros perros, que lo buscaban intencionadamente y no como Colmillo Blanco, que se le escurría siempre sin un rasguño, pese a que Cherokee no era lento, pues podía darse la vuelta con bastante velocidad, pero sin alcanzar a su enemigo.

Todo el empeño de Colmillo Blanco se había centrado en herir a Cherokee en el cuello y terminar cuanto antes la pelea, como era su costumbre, pero este perro era demasiado corto de patas y macizas mandíbulas, por lo que sólo conseguía desgarrarlo, pero no en un sitio vital. Cherokee, por su parte, era incansable; su constancia al perseguir a Colmillo Blanco era digna de alabanza.

La pelea se prolongaba. Colmillo Blanco, en su intento por derribar a Cherokee, seguía saltando de un ladó a otro, atacando, mordiendo, retirándose, pero era tal la diferencia de altura entre los dos, que sólo conseguía herir el cuerpo macizo del buldog, convertido en una llaga pura, heridas causadas por mordiscos rápidos, que ni siquiera había podido evitar. Pero él seguía constante a Colmillo Blanco, firme en su propósito de alcanzarle, y entonces habría llegado la hora de la revancha.

Los espectadores estaban entusiasmados; jamás habían contemplado una pelea de tales características entre dos perros tan diferentes. Hubo un momento en el que Colmillo Blanco casi consigue su propósito de herir mortalmente a su enemigo. Al dar una de sus vueltas, agarró a Cherokee con la cabeza vuelta, dejando al descubierto una paletilla, y se arrojó sobre él intentando desgarrarle con todas sus fuerzas, pero se había lanzado con tal fuerza sobre su enemigo, que salió disparado por encima de él, y los espectadores lanzaron una exclamación de asombro emocionado, pues por primera vez vieron a Colmillo Blanco rodar por el suelo, dando una vuelta en el aire. Pero con su felina habilidad, logró enderezarse en seguida sobre sus patas y se puso inmediatamente en pie. Mas en ese momento, el enorme peso de Cherokee se le vino encima, atacándole con fuerza, cerrando los dientes en su cuello. No era un mordisco vital, pero el pesado perro no soltaba a Colmillo Blanco, el cual se debatía entre sus dientes como un loco, desaparecida su inteligencia y predominando en él el instinto por liberarse, por sobrevivir, como si el estar en movimiento significara precisamente el estar vivo, y daba vueltas y más vueltas, sin que lograra desprenderse de los veinticinco kilos de su enemigo, tozudo hasta la avaricia, que se limitaba a tenerlo así sujeto por el cuello, como si ésa hubiera sido su meta en la lucha: el no aflojar la mandíbula. Parecía que todos los movimientos de Colmillo Blanco por soltarse le produjeran más placer que contrariedad, pues cada vez recibía nuevas heridas y ni siquiera gruñía.

Hasta que llegó un momento en que Colmillo Blanco dejó de moverse de un lado a otro, comprendiendo que no podía resistirse, cosa que nunca le había ocurrido en sus numerosas peleas con otros perros, con los que le bastaba atacar con rapidez, morder y retroceder.

Cherokee intentaba hacerle caer al suelo, mordiéndole cada vez más arriba del cuello, cada vez más cerca del punto vital. La parte superior del grueso cuello de Cherokee estaba a su alcance, pero en el momento que intentó morder, el buldog consiguió darse la vuelta y soltarle, y se colocó encima de él. Colmillo Blanco empezó a morder el vientre de su enemigo, y hubiera conseguido abrirle en canal, si éste no le da de nuevo la vuelta, poniéndole fuera del alcance de sus patas. Colmillo Blanco comprendió que no tenía ninguna posibilidad de soltarse de aquellas tenaces mandíbulas, que buscaban la yugular. Se salvó de la muerte gracias al espeso pelo que le cubría el cuello. A Cherokee se le llenó la boca formándosele como una bola que amenazaba con ahogarle, y casi suelta su presa, pero era un perro tenaz y empezó a tirar de la piel del cuello de Colmillo Blanco, hasta que casi le ahoga, dejándole sin aliento.

Los asistentes a la pelea creyeron que se acercaba el final, al ver a Colmillo Blanco bajo aquella mole de perro sin poder hacer nada. En ese instante, Smith *el Lindo* se plantó en medio del círculo de la pelea y empezó a reírse como un loco, señalando a Colmillo Blanco con burla. Consiguió su propósito. Colmillo Blanco, reuniendo todas sus fuerzas, consiguió ponerse en pie, pero sin que el buldog le soltara. Logró dar vueltas y más vueltas, pero sin conseguir deshacerse de los colmillos de Cherokee, hasta que cayó completamente agotado, mientras que se oían los gritos de ¡Cherokee!, ¡Cherokee!, proclamándole vencedor, el cual movía su rabona cola, mientras Colmillo Blanco había dejado de luchar. Entre espasmos, se resistía de cuando en cuando, pero apenas sí podía respirar. Cherokee ya habría cortado la yugular, a pesar de la defensa que suponían los pelos que cubrían el cuerpo de Colmillo Blanco, que ahogaban al buldog, si el mordisco de éste no hubiera sido tan bajo. Los pelos que se le acumulaban en la boca le impedían ser más rápido para ascender por el cuerpo de su enemigo, al que no quería soltar y tenía que morder de forma que fuera como si masticara, sin soltar su presa.

Así estaban las circunstancias de la pelea cuando se oyó a lo lejos el ruido de los cascabeles de un trineo. Al principio todos temieron que fuera la policía. Pero pronto vieron aparecer el trineo, conducido por dos hombres que seguro volvían de buscar oro. Uno era recio y llevaba bigote, era el encargado de los perros, y el hombre más joven dejaba ver la cara sonrosada por el frío: era un hombre alto y agraciado. Los dos se acercaron a curiosear lo que estaba pasando para que toda aquella gente estuviera reunida.

Smith *el Lindo,* cuando comprobó que la pelea estaba completamente perdida para Colmillo Blanco, se abalanzó contra él y, como un animal salvaje, empezó a patalearle sin piedad. Algunos de los espectadores protestaron, pero sin muchas ganas. Uno de los recién llegados, abriéndose paso a codazos, le descargó tal golpe a Smith *el Lindo,* que cayó al suelo, pues en aquel mismo instante había levantado un pie para golpear con todas sus fuerzas al infeliz animal, y al encontrarse sin equilibrio dio con sus huesos en el suelo, cayendo de espaldas sobre la nieve. El recién llegado gritaba enfurecido a la muchedumbre de curiosos.

—¡Animales, atajo de cobardes!

Era una indignación llena de nobleza, mientras miraba a todos aquellos despiadados humanos con miradas llameantes. *El Lindo* se había levantado y, creyendo que buscaba pelea, le dio un fuerte puñetazo, por lo que el cobarde Smith pensó que lo más seguro para él era quedarse en el suelo. El recién llegado llamó a su compañero, llamado Matt, para que ayudara a Colmillo Blanco, mientras seguía llamando malas bestias a los concurrentes a la pelea, que intentaron protestar contra los intrusos, que les privaban de su diversión. El llamado Matt, viendo la imposibilidad de liberar a Colmillo Blanco de los colmillos del buldog, le dijo a su compañero:

—Es inútil, señor Scott, no lo conseguiría ni siquiera rompiéndole los dientes al buldog.

—Pues tenemos que hacerlo, Matt. Todavía no ha sangrado mucho y podemos salvarle la vida.

Y trató de liberar a Colmillo Blanco, golpeando al otro perro con todas sus fuerzas, pero Cherokee se limitó a mover la cola, como dando a entender que estaba en su derecho al hacer lo que estaba haciendo.

Ninguno de los espectadores se ofreció para ayudarles. Intentaron meterle el cañón del revólver en la boca a Cherokee, pero entonces apretaba con más fuerza. Tomás Keenan se les acercó y con amenazas les advirtió:

—¡No le rompan los dientes!

—Entonces le romperé el pescuezo —dijo Scott.

—¿Es su perro? —preguntó Scott sin hacer caso de las amenazas del jugador. Éste le dijo que sí. Entonces Scott le pidió que le ayudara, aunque Keenan confesó que nunca había intentado hacer algo así con su perro.

Con cuidado, lograron meter el cañón del revólver en la boca de Cherokee y levantarle poco a poco las mandíbulas. Keenan se lo llevó mientras Matt atendía con sumo cuidado a Colmillo Blanco, que no consiguió ponerse en pie, aunque lo intentó varias veces. Estaba muy malherido, con los ojos vidriosos por la muerte.

—Escucha Matt, ¿cuánto puede costar un perro de primera para un trineo? —interrogó Scott, mirando hacia donde estaba Smith *el Lindo*.

—Vale unos trescientos dólares.

—¿Y cuánto puede costar un perro como éste, medio muerto por la paliza?

—Yo no daría ni la mitad —respondió.

—¿Qué dice a eso, pedazo de animal? Tome cincuenta dólares y lárguese cuanto antes de aquí.

Smith *el Lindo* se negó en redondo a vender su perro, pero Scott le habló con tanta energía, que, protestando en tono lastimero, contestó:

—Estoy en mi derecho si me niego a vender mi perro y en cuanto llegue a Dawson pondré una demanda judicial contra usted, por robármelo, pues lo que está haciendo es un robo.

—¡Usted no tiene ningún derecho, no es una persona humana, sino una bestia llena de maldad, y si mueve un solo dedo, haré que le echen de la ciudad como la rata que es! ¿Comprende?

—¡Sí, sí...! —gimoteó Smith *el Lindo*.

—¡Sí, qué!

—¡Sí, señor!

Todos los concurrentes lanzaron una carcajada de burla ante la cobardía de Smith *el Lindo*, el cual salió huyendo del lugar, mientras que Scott y Matt atendían con mucho cuidado a Colmillo Blanco, intentando que se levantara. Thomas Keenan, el dueño de Cherokee, preguntó a uno de la concurrencia:

—¿Quién es ese Scott?

—Es un ingeniero de minas del Gobierno y es muy amigo del gobernador y de toda la gente de importancia. Tiene muchas influencias por aquí, así que ándese con mucho cuidado con él.

«Ya me figuraba yo algo así desde que le vi aparecer con tantos humos. De buena me he librado. Menos mal que no he intentado siquiera enfrentarme a él», así pensó el jugador, que cogió a Cherokee y se marchó a toda prisa de aquellos lugares.

Por primera vez en su vida, Colmillo Blanco había ido a parar a unas manos humanas llenas de sincera compasión. Weedon Scott era un hombre noble, que se impuso la tarea tan grande y tan humanitaria de cuidar de un animal maltratado desde que nació. Se había prometido a sí mismo reconciliar a Colmillo Blanco, si salvaba la vida, con sus semejantes.

La tregua

Weedon Scott y su amigo Matt estaban sentados, mirando a los perros que tenían para arrastrar su trineo, observando cómo se mantenían a distancia de Colmillo Blanco, al que tenían sujeto con una cadena a un poste. Ya llevaba dos semanas entre ellos y se encontraba bastante repuesto de las heridas que recibió durante la tremenda pelea que había tenido con el terrible Cherokee y en la que, si ellos no hubieran llegado tan a tiempo, hubiera perdido la vida. Colmillo Blanco había recobrado su habitual ferocidad y se movía inquieto, tratando de alcanzar a los otros perros, apretando los dientes con rabia y los pelos erizados. Pero los demás animales habían aprendido que era mucho mejor para todos no acercarse a él, dejarlo solo.

—¡Bueno, hombre, di lo que piensas sobre Colmillo Blanco! Ya sabes que yo sigo pensando que es un lobo salvaje y no vamos a poder con él. No hay quien se le acerque —así hablaba Scott a su amigo Matt, el cual fumaba pensativo, mirando a lo lejos, hacia las montañas.

—Yo no estoy tan seguro de eso. Creo que tiene mucho de perro, y pese a su estado actual de excitación, ese animal ya ha sido domesticado en otros tiempos.

—¡No! —se sorprendió Scott.

—Sí, señor. Tiene las señales de las correas del arnés en el pecho. ¿Ve las marcas?

Los dos se habían acercado a prudente distancia de Colmillo Blanco.

—¡Es cierto, Matt! Antes de que ese desalmado del «Lindo» se apoderara de él, es seguro que era un perro de trineo.

—Y yo confío en que podrá volver a arrastrar un trineo otra vez; con el tiempo se calmará.

—¿Lo crees así, Matt? —dijo esperanzado Scott—. Hace tiempo que está con nosotros y cada día está más salvaje.

—Creo que debemos probar a dejarle en libertad.

—¡Eso sería una locura, Matt, nos destrozaría a todos!

—No, si usamos el palo. Ese animal lo teme demasiado como para atreverse a desobedecer.

—Pues vamos a intentarlo. ¡Y a ver qué pasa!

Matt cogió un palo y se acercó a Colmillo Blanco, que le observaba con insistencia; le soltó de la cadena y retrocedió. Colmillo Blanco no podía creer en su libertad. Desde que Smith *el Lindo* se apoderó de él sólo se había visto libre durante los momentos que duraban las peleas. Temía nuevos peligros. Se apartó de los dioses blancos y se fue a un rincón, para de nuevo acercarse a los mismos. Dudaba, sin saber qué hacer. Weedon Scott temía que el animal se les escapara, pero comprendía que era un riesgo que tenían que correr. Compadecía de corazón a Colmillo Blanco y deseaba mostrarle su afecto. Le ofreció un trozo de carne, pero el animal se quedó quieto, recelando un nuevo y desconocido peligro que no se produjo. Al no cogerlo de sus manos, Scott se lo arrojó a los pies, pero en lugar de comerse la carne, huyó con temor. Entonces el perro al que llamaban Mayor se arrojó sobre la carne. Cuando quiso darse cuenta de la advertencia de sus manos por su imprudencia, ya tenía encima a Colmillo Blanco y la sangre manaba en abundancia de su cuello. Entonces Matt intentó dar un fuerte puntapié a Colmillo Blanco, pero retiró la pierna con un grito.

—¡Es una fiera, señor Scott, mire cómo me ha dejado la pierna y me ha destrozado el pantalón!

—Ya te dije que ese animal no tiene remedio, Matt —dijo, sacando un revólver, dispuesto a terminar cuanto antes con el peligro que suponía la ferocidad de Colmillo Blanco.

Pero Matt le defendió:

—No lo mate, señor Scott. Después de lo que nos han contado de los sufrimientos y torturas que ha padecido ese animal de manos de Smith *el Lindo*, no podemos esperar que se comporte como un corderito. Tanto Mayor como yo nos tenemos merecido el castigo. Sigo insistiendo en que debemos aplacarle con paciencia. Ese perro se merece una oportunidad de vivir de otra manera.

—No sé cómo puedes hablar así, casi te arranca la pierna.

—Colmillo Blanco no ha hecho más que defenderse. Iba a castigarle por algo que haría cualquier animal, hasta el más tonto: defender su alimento.

—¡Está bien, Matt, lo dejaremos en libertad!

Weedon Scott se inclinó sobre Colmillo Blanco, intentando acariciarle, pero el animal estaba lleno de temor y recelo contra las manos del hombre, de las que sólo había recibido malos tratos. Además había mordido a un dios hombre y blanco, para más delito, y había matado a uno de sus perros. Esperaba un castigo terrible por haber faltado a la ley, que tan bien conocía desde que era un cachorro. Gruñó cuando sintió que la mano de su amo se acercaba a él. Intentó dominar su instinto, pero cuando la sintió en el lomo, saltó con la rapidez de siempre y Scott la retiró lanzando un grito de dolor. Ahora fue Matt el que cogió un rifle e intentó acabar con él, pero ahora fue el amo el que defendió su vida.

—¡No lo mates, Matt! Yo también me lo tengo merecido por mi atrevimiento.

—¡Fíjese cómo reconoce las armas de fuego, señor Scott!

Matt, curioso por ver qué hacía el animal, simuló que iba a dispararle. Colmillo Blanco saltó de costado y se ocultó de los dos hombres tras la cabaña que habitaban. Todo fue tan rápido, que se quedaron admirados.

—¡Tiene usted, razón, señor Scott! Colmillo Blanco es un animal demasiado valiente y listo, demasiado inteligente y merece la vida. Debemos ofrecerle la oportunidad de rehacer su vida.

El amo bueno

Al día siguiente, Colmillo Blanco vio acercarse a su nuevo amo con la mano que le había mordido vendada. Llevaba un pañuelo como cabestrillo. Pensó inmediatamente que iba a administrarle el castigo que se había merecido, por atreverse a morder la carne de un dios blanco. Ésta era la ley a la que estaba acostumbrado, desde que se sometió a la obediencia de un dios hombre voluntariamente y reconoció como amo a Nutria Gris. Pensó que algo terrible iba a ocurrirle, pero vio que su amo se sentaba tranquilamente a cierta distancia de él y se fijó en que no llevaba ningún palo ni otra clase de arma para castigarle. Se quedó desconcertado y dejó de gruñir. Entonces el dios blanco empezó a hablarle con palabras muy suaves y una voz muy dulce, como nunca le habían hablado. Después le vio entrar en la cabaña y volver a salir. Tampoco esta vez traía ningún arma con que castigarle, sino que volvió a sentarse y otra vez empezó a hablarle en el mismo tono, ofreciéndole con su mano sana un trozo de carne.

Colmillo Blanco siguió alerta, esperando de un momento a otro recibir el castigo que no llegaba. Pero no se fiaba, ya en otras ocasiones las mujeres indias le habían engañado con un trozo de carne para castigarle. Viendo que no cogía la carne de la mano, su amo se la arrojó a las patas. La olió y se la comió, sin que le ocurriera nada malo.

De nuevo le ofreció su amo un trozo de carne, y de nuevo se la arrojó a las patas, al ver que no se acercaba a recogerla de sus manos. Y así varias veces, hasta que Colmillo Blanco, al ver que nada malo le ocurría, se fue acercando poco a poco a Weedon Scott, con cautela, siempre receloso del castigo merecido. Se comió la carne de sus manos y seguía sin ser castigado. Al contrario, el dios blanco seguía hablándole en un tono tan suave, que empezó a sentir un extraño bienestar. Pero al verle extender la mano hacia él, de nuevo temió el castigo. Mas la voz del dios blanco seguía inspirándole confianza, y aunque empezó a gruñir y se le erizaron los pelos de temor, no mordió aquella mano que empezó a acariciarle con suavidad, despertando en él sentimientos contradictorios de placer y temor. En ese momento salió Matt de la cabaña.

—¡Qué me maten si lo entiendo! —exclamó sorprendido al ver la escena. Su voz asustó a Colmillo Blanco, que retrocedió inmediatamente.

—¿Está usted loco, señor Scott? —siguió diciendo Matt.

Pero Weedon Scott, sin hacer caso de sus palabras, se acercó de nuevo a Colmillo Blanco y con la misma suavidad siguió acariciando y hablándole, hasta que Colmillo Blanco se sometió a sus caricias, pues comprendió que ésa era la voluntad de su nuevo amo, aunque siguió gruñendo al oír la voz de Matt.

Éste fue el principio de una nueva vida para Colmillo Blanco, lejos del odio que había sentido por todos y por todo. Claro que hizo falta mucha paciencia y bondad por parte de Weedon Scott, y un cambio muy profundo en la mentalidad de Colmillo Blanco. Pero era un animal que pronto se adaptaba al ambiente que le tocaba vivir en cada momento y se fueron superando todas las dificultades que suponían un cambio tan completo en su forma de ser, aparte de que Colmillo Blanco ya no era el cachorro sin experiencia, sino un perro adulto, endurecido hasta la última fibra de su ser por los malos tratos y las torturas. Pero Weedon Scott fue ablandándole poco a poco, con sus caricias llenas de dulzura, hasta que su odio infinito se convirtió en amor.

Ahora Colmillo Blanco gozaba de entera libertad y no huyó de aquel lugar, sino que se sometió a su nuevo amo, ofreciéndole su obediencia y fidelidad, guardando sus propiedades, como él pensaba que debía ser, para cumplir la ley de los dioses hombres que tan bien conocía desde que pertenecía a Nutria Gris.

Weedon Scott creía que era un deber por su parte mostrarse cada vez más cariñoso con Colmillo Blanco para desquitarle de tantas amarguras como el noble animal había recibido a lo largo de su vida. Entre los dos se fue estrechando un lazo tan fuerte como sólo el amor puede anudarlo. Colmillo Blanco no podía vivir sin su amo, aceptando con gusto todas las incomodidades y sufrimientos que pudieran sobrevenirle, siempre que pudiera tener las caricias y las dulces palabras del dios blanco. Por su carácter retraído, Colmillo Blanco no sabía manifestar su profunda devoción con excesivas muestras de alegría. La adoración que sentía por su amo era profunda, callada, y sólo con la mirada sabía expresarle sus elevados sentimientos.

Para obedecer y dar gusto a su amo, aprendió a refrenar su instinto de lucha y a respetar a los otros perros, los cuales en seguida reconocieron su superioridad y le cedían el paso cuando estaba entre ellos, obedeciéndole como a su jefe. Y lo mismo le ocurrió con Matt, al que obedecía y respetaba porque entendía que era la voluntad de su dios blanco.

Durante el día trabajaba en las tareas de arrastrar el trineo de su amo, guiado por Matt, el cual no había tenido más remedio que aceptarlo como jefe de los perros; así, por las buenas, porque Colmillo Blanco así se impuso. Los trineos del Klondike sí llevan patines, y a diferencia de los que se utilizan en la cuenca del Mackenzie, los perros van atados con dobles correas a ambos lados del vehículo, en dos filas, uno detrás del otro. Colmillo Blanco era un verdadero jefe, al que todos temían y obedecían. Durante la noche descansaba poco, ya que consideraba su deber vigilar la cabaña y las propiedades de su amo. Era su perro más valioso.

En cierta ocasión, Weedon Scott tuvo que ausentarse por unos días y hacer un viaje. Colmillo Blanco sentía tal amor y fidelidad por él que cuando le echó de menos en la cabaña dejó de comer y cayó muy enfermo. Cuando su amo volvió, se le vio revivir de alegría.

Cierta noche, a los pocos días de la vuelta del amo, estaban los dos hombres en la cabaña jugando una partida de naipes y Colmillo Blanco vigilaba fuera, según era su costumbre. De pronto oyeron una gran algarabía en el exterior y salieron a ver qué pasaba, convencidos de que el animal había atacado a algún intruso. A la luz de una lámpara vieron a Colmillo Blanco sobre un hombre, tendido boca abajo en la nieve, protegiéndose de los colmillos del animal. Con grandes esfuerzos, lograron separar a Colmillo Blanco de aquel hombre y alejarlo de él. Cuando a la luz de una lámpara le dieron la vuelta y comprobaron de quién se trataba, comprendieron los aullidos de odio y de rabia del animal. Se trataba de Smith *el Lindo* y junto a él una cadena para perros y un gran palo. No cabía la menor duda sobre las intenciones del malvado.

Sin mediar palabra, Matt le agarró con fuerza, le dio una vuelta completa cuando le tuvo en pie y le asestó tal puntapié en las posaderas, que Smith *el Lindo* salió huyendo de allí como alma que lleva el diablo y ya no volvió a molestar más a Colmillo Blanco.

Scott acariciaba al noble animal, nuevamente excitado como en otros tiempos, cuando aquel desalmado le torturaba sin motivo alguno. Poco a poco, se fue calmando y sus aullidos se convirtieron en apagados gemidos.

QUINTA PARTE

Un largo viaje

De forma intuitiva, Colmillo Blanco barruntaba que algo muy malo le iba a suceder. Presentía un nuevo cambio en su vida, lo notaba en la manera de comportarse los dos hombres durante los últimos días. Sin que ellos mismos lo sospecharan, con su actitud le anunciaron al animal lo que ocurría últimamente. Hasta que llegó un día en el que Colmillo Blanco tuvo la certeza de todo, cuando rondaba la cabaña de su amo, y aunque no entraba en ella, podía ver desde fuera el ajetreo de los preparativos para un nuevo viaje de éste. Vio cómo su amo metía muchas cosas en su enorme baúl y se sintió muy desgraciado, pues pensó que lo mismo que había hecho en su viaje anterior, ahora tampoco le llevaría con él.

Por segunda vez, Colmillo Blanco lanzó aquella noche el lastimero y terrible aullido del lobo a las estrellas, al sentir la misma pena y soledad que cuando volvió al campamento indio y vio que todos se habían marchado, encontrando la cabaña de Nutria Gris vacía.

Los dos hombres estaban cenando en el interior de la cabaña.

—¿Oye usted, señor Scott?

Weedon Scott escuchó apenado el lamento prolongado de Colmillo Blanco.

—Creo que Colmillo Blanco está demasiado apegado a usted.

—Pero, ¿qué puedo hacer yo con un lobo en California, Matt?

—Eso mismo me pregunto, señor. Pero el animal otra vez ha dejado de comer, lo mismo que la vez anterior, y me temo que le cueste la vida su marcha. No sé si soportará la separación.

—¡Pero no puedo llevarlo a aquellas tierras, donde todo es diferente! Atacaría a todos los perros y me vería metido en mil aprietos. No, no puedo llevármelo.

—Sin embargo, es evidente que usted lo está deseando.

—Sí, es cierto, pero sería una locura.

—Lo que no entiendo es cómo ha podido darse cuenta de su marcha.

—Yo tampoco lo entiendo. Eso demuestra lo inteligente que es.

Weedon Scott no descansó muy bien aquella noche. A la mañana siguiente Colmillo Blanco se pegó a sus talones, lleno de curiosidad y congoja. Ya estaba todo preparado: el baúl, las maletas, las mantas y el abrigo de gruesas pieles. Dos indios, guiados por Matt, se lo llevaron todo y, más tarde, entre los dos hombres encerraron a Colmillo Blanco en la cabaña. El perro había metido su cabeza entre el brazo y el pecho de su amo, en una total entrega. Los dos hombres se apresuraron a marcharse, emocionados. Ya se oía la sirena del barco sonar en el desembarcadero. Dejaban atrás los aullidos de pena del noble animal.

—Cuídalo mucho, Matt.

—Lo haré, señor Scott. Le escribiré.

Scott iba a partir en el buque *Aurora*, el primer barco que había llegado en aquella época del año. Cuando los dos hombres iban a estrecharse la mano vieron en un rincón del barco, rodeado por aventureros y buscadores de oro, a Colmillo Blanco, mirándoles con inteligencia.

Matt intentó bajarlo a tierra, pero sólo logró que se acercara la voz de su amo, que le acarició con suavidad.

—Cerramos bien las puertas, Matt, pero nos olvidamos de la ventana.

—Ha debido traspasar el vidrio a toda velocidad y está herido en el lomo.

Matt se quitó la bufanda para atarlo y bajarlo a tierra, pero Scott le detuvo:

—No, Matt. Me lo voy a llevar. No se encuentra con facilidad un perro tan noble y tan fiel como Colmillo Blanco.

—¡Muy bien, señor Scott, así se habla! El día que se lo arrebatamos al desalmado de *el Lindo* hizo usted un buen negocio —dijo Matt mientras abandonaba el barco, y todavía seguía diciéndole—: Tendrá que pelarlo al rape o se morirá de calor en las tierras sureñas.

El *Aurora* lanzó el último toque y se adentró en el agua. Scott saludó por última vez a Matt, mientras acariciaba con suavidad a Colmillo Blanco.

Camino del Sur

Cuando desembarcaron en San Francisco, Colmillo Blanco estaba muy asustado. Del mismo modo que sintió miedo, consciente de su debilidad ante los dioses indios, cuando siendo todavía un cachorro llegó al campamento de Nutria Gris, ahora, a pesar de ser un perro adulto, seguía experimentando la misma sensación y escuchaba en su amo, al que no perdía de vista ni un momento.

Se sentía maravillado ante el inmenso poder de los dioses blancos, al contemplar aquella ciudad, con enormes edificios y calles llenas de peligros nuevos y ruidos. Tranvías que aullaban, haciendo sonar sus timbres, como si fueran los mismísimos aullidos de los linces. Todo aquel barullo le tenía mareado. Le dolían los oídos en aquel torbellino.

Pero pronto se vio libre de la ciudad, de la que sólo conservó un mal recuerdo. Lo acomodaron en un vagón de un tren, destinado a los equipajes y los animales. Su amo se marchó y él se quedó guardando su equipaje, sin consentir que nadie se acercara a las maletas y el baúl de su amo.

Transcurrió un buen rato hasta que volvió su amo y lo sacó del vagón. Se sorprendió mucho al ver que ya no estaban en medio de la ruidosa ciudad, sino en medio del campo, en un lugar tranquilo, lleno de sol. Un hombre y una mujer extraños se acercaron a su amo y en seguida pensó que trataban de hacerle daño, por lo que se dispuso a defenderle de los abrazos de los extraños, mostrando los dientes, pero se tranquilizó al ver que su amo los recibía con muestras de cariño, mas él seguía mostrando los dientes, amenazador.

—Ya aprenderá, mamá. Creyó que ibais a hacerme daño —dijo Weedon Scott, tranquilizando a su madre, que sonreía, pálida y con temor, al ver la ferocidad del perro. Ordenó a Colmillo Blanco que se echara y éste se calmó por completo.

Todos subieron a un coche de caballos y Colmillo Blanco se puso al lado del vehículo, corriendo con agilidad y advirtiendo a todos con sus miradas que no iba a permitir que le hicieran ningún daño a su amo. Pasaron por verdes campos bien cultivados y pronto traspasaron un arco de piedra. Allí empezaba un camino de nogales que conducía a la casa de los Scott, construida en una elevación del terreno. Colmillo Blanco no tuvo tiempo de curiosear el lugar, como tenía por costumbre. Nada más traspasar la entrada se encontró frente a una hembra de perro pastor que le cerraba el paso, en defensa de la propiedad de sus amos. Colmillo Blanco sintió en seguida su instintivo impulso de atacar, pero la ley de su raza le impedía luchar contra una hembra, así que se limitó a apretar los dientes y gruñir con rabia. Pero la perra no estaba dispuesta a ceder ante aquel enemigo de los suyos. Por instinto, sabía que el intruso pertenecía a la especie que tanto daño había hecho a los rebaños guardados durante generaciones por sus antepasados. Representaba la encarnación de todo lo salvaje, el merodeador que ataca sin piedad. Así que se lanzó sobre Colmillo Blanco, mordiéndole en el cuello, pero éste logró reprimirse, por respeto a su amo, y retrocedió un tanto avergonzado de tener que huir ante una hembra, por miedo a hacerle daño.

El hombre que había abrazado a su amo gritó a la perra, para que lo dejara en paz, pero Scott creyó conveniente que Colmillo Blanco aprendiera desde el principio las costumbres de su nueva vida y contuvo a su padre.

Colmillo Blanco se desesperaba al ver que la perra siempre estaba entre él y el coche, sin que le valieran sus mañas para apartarla. Y vio que el coche de su amo se perdía a lo lejos, con gran desesperación por su parte. De repente, irritado, se arrojó sobre la perra y le golpeó la paletilla. Su vieja treta no le falló, y la perra, indignada, dio varias vueltas en el aire, tal era la fuerza del golpe de Colmillo Blanco, que aprovechó el momento en que quedaba el paso libre y se lanzó a toda velocidad por el camino, seguido por la perra Collie, que le ladraba rabiosa.

Así como Colmillo Blanco apenas si notaba el esfuerzo de la carrera, deslizándose ligero, con suavidad, la perra jadeaba tras él. Cuando estaban a punto de alcanzar el coche, Colmillo Blanco tropezó violentamente con un galgo de caza, que le salió al encuentro. Los viajeros ya estaban a la puerta de la casa, bajándose del coche, y vieron a Colmillo Blanco dar una vuelta en el aire y, gracias a su agilidad, cayó de nuevo sobre sus patas, tan violento había sido el choque. Colmillo Blanco, con su rapidez de siempre, se lanzó contra el galgo y le hubiera seccionado la yugular si en aquel momento Collie no se hubiera lanzado con rencor sobre su cuerpo. En seguida llegó el amo y consiguió aplacar a los perros. Weedon Scott bromeó con su padre, mientras acariciaba a Colmillo Blanco, tratando de tranquilizarle:

—Vaya una acogida que ha tenido mi pobre Colmillo Blanco. Toda su vida dedicado a la lucha y sólo una vez fue derribado. No hace más que llegar aquí y lo tiran por tierra dos veces.

Otros dioses extraños salieron a recibir al amo, al que abrazaron, pero esta vez Colmillo Blanco no hizo nada por impedirlo. Pero sí les mostró los dientes cuando intentaron acercarse a él, intentando acariciarle. Les advirtió que no lo hicieran y se arrimó a las piernas de su amo, que le tranquilizó con suaves caricias.

El galgo, llamado Dick, se quedó a la entrada, vigilando al intruso, y una sirvienta consoló a Collie, que pensaba en lo equivocados que estaban sus amos acogiendo a aquel salvaje en su casa.

Los dioses blancos entraron en la casa y Colmillo Blanco siguió fielmente a su amo, con las patas rígidas y la cola levantada, sumamente curioso y alarmado, sin apartar los ojos de Dick, por si le atacaba en cualquier momento. El padre de Weedon sugirió que se quedara fuera, para que se hicieran amigos, pero su hijo en seguida le disuadió.

—En pocos momentos, Dick estaría muerto.

—¿Tan fiero es?

—Sí, padre. Ya lo irás conociendo.

Así que se vio en el interior de la casa y no le ocurría nada malo, Colmillo Blanco se acurrucó a los pies de su amo, dispuesto a saltar al más mínimo signo de peligro.

En la casa del amo

Colmillo Blanco aprendió a sentirse en Sierra Vista como en su propio hogar muy pronto. Dúctil por naturaleza, en seguida se adaptaba al nuevo ambiente, aunque ahora se encontraba con muchas cosas nuevas que aprender. La vida entre los indios, en el Ártico, es muy sencilla, comparada con la vida en casa de los Scott. La humilde choza de Nutria Gris no era nada en comparación con Sierra Vista.

Tenía que aprender en primer lugar a conocer a los habitantes de la casa, y aunque él no sabía lo que significaba el parentesco, pronto aprendió que todos aquellos dioses blancos que acababa de conocer eran muy importantes en la vida de su amo. Y empezó a distinguirlos a unos de otros, según entendía la mayor o menor inclinación de afecto de su amo. Se aficionó a echarse a los pies del juez Scott cuando le veía sentado, leyendo, y sintió gran afecto por él.

Su amo le presentó a dos niños, sus hijos, Weedon y Maud. Colmillo Blanco los aceptó con mucha dificultad. Los recuerdos que guardaba de ellos en los campamentos indios eran muy malos. Pero su amo se lo ordenó y se resignó a regañadientes a que los niños le pasaran las manitas por el lomo. Sin embargo, pasados unos días, se aficionó tanto a ellos que se entristecía si le dejaban por jugar en otro sitio.

Conocía bien cuál era su ama y distinguía bien entre las hermanas de su amo. Pronto vino la familiaridad y permitía que le acariciaran. A todos los consideraba como una posesión de su amo.

Al ver que los sirvientes se ocupaban de la limpieza y los cuidados de la casa, de hacer la comida, los comparó con Matt y, en atención a su amo, también los consideraba amigos y una posesión más de la casa.

Sus relaciones con los animales eran normales, sin que ocurrieran percances de importancia. Dick era un perro noble y cariñoso y se hubieran hecho muy buenos amigos si Colmillo Blanco no hubiera sido tan retraído toda su vida. Seguía prefiriendo la soledad y el galgo llegó a no hacerle ningún caso.

Con la perra Collie variaba la cosa. Admitía a Colmillo Blanco a regañadientes, porque así lo ordenaba el amo, pero no podía olvidar lo que el animal representaba para los de su raza, el enemigo de los rebaños. No dejaba en paz al retraído animal, al que creaba situaciones que a Colmillo Blanco le hacían sentirse en ridículo, pues por ser una hembra tenía que huir, para no hacerle daño, y eso le parecía una cobardía por su parte.

Amaba y respetaba a su amo con profunda devoción, y bastaba un ligero golpe, o una sola palabra suya, para que en seguida aprendiera a distinguir entre lo que estaba bien hecho y aquello que no debía hacerse. La voluntad de su amo era su ley. Todo cuanto le rodeaba lo consideraba como su posesión y lo respetaba por amor a él. Su obediencia nacía de su inmenso cariño, no del miedo o a la fuerza bruta del palo, como le ocurría con Nutria Gris o Smith *el Lindo*; por eso una palabra agria de su amo le dolía más que todos los golpes de aquéllos. Así aprendía Colmillo Blanco las costumbres de su nueva vida, tan distintas de la anterior.

Siempre estaba pendiente de las indicaciones de su amo para complacerle y no cometer faltas. El aprendizaje fue muy duro, pues en esta nueva vida suya existían muchas leyes, muy enrevesadas para él, pero gracias a la paciencia de su amo y su absoluta obediencia se fueron venciendo las dificultades.

Mas había veces que se sentía confuso y obraba sin maldad, por instinto, y causaba verdaderos destrozos en la casa, y entonces recibía su castigo, pero no eran castigos crueles, sino castigos encaminados a perfeccionar su aprendizaje.

Así pasaba el tiempo, y Colmillo Blanco había aprendido a respetar a los demás animales que sus amos tenían en la casa, aparte de los perros. Sabía que tenía que respetar a los pollos y a las gallinas de su amo y no comérselos. Y tampoco debía tocar a los animales de los otros dioses blancos.

Supo que, fuera de la casa, su amo tenía otras propiedades y que tenían un límite, donde empezaban las propiedades de los otros dioses, que también tenía que respetar. Aprendió a seguir los caminos o a circular por las calles. Que no tenía que lanzarse sobre la carne de las carnicerías. Que le estaba permitido defenderse de los perros callejeros, que eran una pesadilla para él, lo mismo que los chiquillos que le arrojaban piedras a su paso. Mil detalles que su amo le iba enseñando conforme se presentaba la ocasión para que el inteligente animal lo comprendiera.

Pasó el tiempo y Colmillo Blanco vivía feliz en las tierras del Sur. Aunque seguía siendo un solitario, sin deseos de confraternizar con los demás perros, los cuales sólo veían en él la representación de lo salvaje, el miedo por lo desconocido y le miraban con recelo. Cuando le atacaban, ya no respondía con ferocidad. Había aprendido que le bastaba con enseñarles los colmillos para ponerlos en fuga.

Su paz sólo se veía turbada por Collie, que desde su llegada a Sierra Vista no había dejado de mostrarse hostil con él y morderle siempre que podía, considerándole siempre culpable de algo.

Por lo demás, su vida transcurría apaciblemente, pues había aprendido a controlar sus instintos y gozaba de una vida tranquila, sin peligros y bien alimentado. Había llegado a la plenitud, y el miedo al dolor y a lo desconocido habían desaparecido. De cuando en cuando sentía nostalgia por las tierras nevadas donde había nacido, sobre todo en verano, cuando apretaba el calor y se sentía sofocado, inquieto.

Y aprendió algo que en otros tiempos hubiera sido impensable en él. Aprendió el significado de la risa, que en otros tiempos le hacía enloquecer de rabia y le convertía en una fiera terrible. Gracias al buen humor de su amo y a su inmenso afecto por él, Colmillo Blanco logró controlarse cuando su amo empezó a gastarle bromas y a reírse de él. No se sintió enojado y le miró con su mirada tierna y leal.

Jugaba y peleaba con su amo y estos juegos eran una verdadera diversión para Colmillo Blanco, que disfrutaba cuando los dos rodaban por el suelo, como dos chiquillos traviesos.

Además, Weedon Scott consiguió que ladrara como un verdadero perro, aunque esto sólo lo consiguió en dos ocasiones y porque el animal se vio obligado por las circunstancias, para hacerse entender, como el día que su amo cayó del caballo y se rompió una pierna. Su amo le ordenó que fuera a la casa a pedir auxilio y nadie le comprendía, hasta que se plantó delante de su ama y empezó a ladrar con desesperación, mirando hacia la puerta, consiguiendo que le siguieran y así pudieran auxiliar al herido. Con este gesto acabó por granjearse las simpatías de todos los habitantes de Sierra Vista.

Pasado el verano, Colmillo Blanco se dio cuenta, muy extrañado, de que la perra Collie había dejado de mirarle con hostilidad. Ya no se lanzaba sobre él y le mordía, sino que se había vuelto suave y juguetona. Una tarde, cuando se disponía a acompañar a su amo en su paseo a caballo, Collie se le acercó, le frotó el hocico y echó a correr hacia el campo. Colmillo Blanco se olvidó de todo, incluso de su inmenso cariño por el amo, y corrió tras ella, lo mismo que años antes, en los bosques del Norte, Kiche, su madre, y el viejo Tuerto correteaban juntos.

El despertar del lobo

Los periódicos de aquellos días traían noticias sobre la fuga de un preso del penal de San Quintín. Todo el mundo andaba preocupado por este hecho, ya que se trataba de un peligroso asesino llamado Jim Hall y habían puesto precio a su cabeza.

Era un hombre que por las circunstancias de la vida se había convertido en una bestia feroz, enemigo mortal de sus semejantes. La sociedad no le había ayudado en absoluto y ahora padecía los efectos de su odio mortal por todo cuanto le rodeaba.

Mucha gente buscaba a este hombre con ánimos de cobrar la recompensa, pero las huellas de Jim Hall habían desaparecido.

En Sierra Vista se seguían estas noticias con especial atención y en el ambiente se notaba el miedo, un miedo muy justificado hacia el asesino, ya que había sido el juez Scott el que había dictado la sentencia en el caso de Jim Hall, mandándole a cumplir una pena de cincuenta años en el penal de San Quintín. El condenado había jurado en la misma sala del juicio que era inocente y, en cuanto tuviera ocasión, se vengaría de la injusta sentencia del juez Scott.

La verdad era que Jim Hall en esta ocasión era inocente y se le había condenado a cumplir una pena que equivalía a cadena perpetua por un delito que no había cometido, víctima de una conjura a la que el juez era ajeno, pero que el condenado no sabía.

Su estancia en la cárcel había sido como una horrible pesadilla, hasta que una noche consiguió escapar, después de asesinar a tres guardianes con sus propias manos. Ahora iba armado con los revólveres de sus víctimas. En Sierra Vista, Alicia, la esposa de Weedon Scott, encariñada con Colmillo Blanco, todas las noches, cuando todos se habían retirado a descansar, le abría la puerta al perro para que durmiera dentro, y a la mañana siguiente, se levantaba la primera y lo dejaba salir. Era una especie de secreto entre su ama y él.

Una noche, Colmillo Blanco se despertó y husmeó el aire, notando en seguida la presencia de un dios extraño en la casa. Acostumbrado desde que era un cachorro a localizar las presas y seguirlas con cautela cuando cazaba junto a Kiche, rápidamente localizó en la oscuridad al intruso, sin que éste notara su presencia. Cuando vio que el extraño subía las escaleras para ir a las habitaciones donde dormían los seres más queridos para él, se le erizó el pelo y se lanzó como un rayo sobre la espalda del intruso, hundiéndole los dientes en la nuca. Éste logró volverse y disparar, sucediéndose unos segundos de lucha, los suficientes para que todos los habitantes de la casa se despertaran al oír los disparos y los aullidos de Colmillo Blanco y acudieran presurosos al lugar. Pero Colmillo Blanco, como siempre, había hecho su trabajo a conciencia, y cuando Weedon Scott encendió la luz vieron a un hombre tendido en el suelo, en medio de un charco de sangre. Estaba muerto. Cuando le dio la vuelta, Scott dijo:

—Es Jim Hall. La herida de la garganta ha sido mortal.

Todos comprendieron la causa de la presencia del asesino en la casa y acudieron en auxilio de Colmillo Blanco, que estaba tendido en el suelo, medio muerto. El noble animal había salvado la vida del padre de su amo, a costa de la suya.

En seguida llamaron al veterinario, que curó a Colmillo Blanco lo mejor que pudo, pero estaba tan malherido, que no daba esperanzas ningunas de que el animal sobreviviera.

De San Francisco llegó el doctor Nicholls y se le prestaron todos los auxilios imaginables. Todos se desvivían por atender al animal.

Gracias a su entrenamiento desde que era un cachorro, acostumbrado a luchar contra toda clase de adversidades, Colmillo Blanco luchó con todas sus fuerzas por aferrarse a la vida, que se le escapaba por momentos, pero al final ganó la batalla a la muerte.

Pasó muchos días inmóvil, escayolado y con vendas por todo el cuerpo. En su delirio, volvió a revivir todos los momentos de su vida anterior, y el infeliz animal sufría terribles pesadillas.

El día que le quitaron la última escayola, celebraron una fiesta en Sierra Vista. Su amo no dejaba de acariciarle con suavidad y él correspondía con sus tiernos gruñidos. Su ama, agradecida, le llamó bendito lobo, y a partir de aquel día todos le llamaron por ese nombre, Bendito Lobo.

Intentó muchas veces levantarse, pero estaba todavía muy débil y tardó bastante en conseguirlo. El veterinario había dicho que tardaría todavía en ponerse fuerte y volver a caminar. Pero, conforme la sangre empezó a circular por sus miembros entumecidos, Colmillo Blanco empezó a sentir que la fuerza de la vida volvía a su cuerpo.

Poco a poco, y rodeado por todos los habitantes de la casa, llegó hasta los establos. Allí estaba la perra Collie, echada en el suelo, con media docena de cachorrillos a su alrededor.

Colmillo Blanco los observó con mucha atención y la perra advirtió con gruñidos que no se acercara a sus cachorros. Entonces su amo le acercó uno de los cachorrillos, que se arrastró hacia él. Con curiosidad, Colmillo Blanco sacó la lengua, por instinto, y lamió al animalillo. Collie lanzó un gruñido amenazador, pero la sujetaron, para que no se arrojara sobre él.

Todavía muy débil, Colmillo Blanco se echó al suelo, inclinando la cabeza, con las orejas bajas. Los otros cachorros se le acercaron también y Colmillo Blanco los dejó que juguetearan y se le subieran encima. Los dioses blancos estaban muy contentos y él les miró con agradecimiento, algo avergonzado por su debilidad.

Se sentía muy cansado todavía y muy débil. Y así, echado en el suelo y rodeado por sus cachorros, se quedó dormido. La luz del sol reflejaba en su rostro una gran placidez.

FIN

ÍNDICE